孤独な窃視者の夢想

日本近代文学のぞきからくり

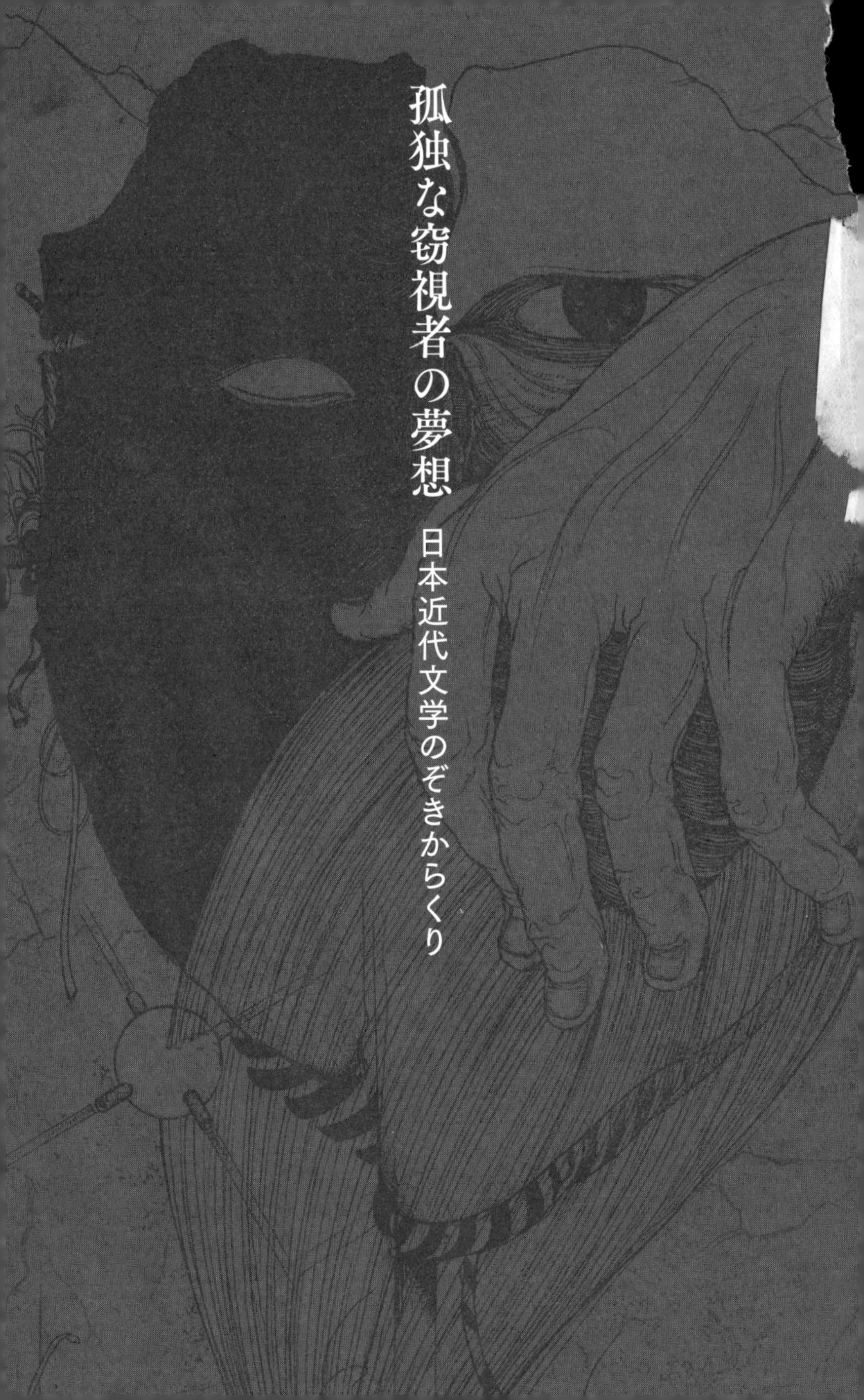

目次

まえがき

特異な日本近代文学論集をお届けする。特異な、というのは、収められた諸論考が総じて「見ること」に関係しているからだ。もとより、ただ「見る」わけではない。とりわけ「覗き見る」こと、なにか道具を使うか、あるいは使わなくても、それ自体「覗き見」の、「窃視」の様相を帯びている「見ること」の諸相を、個々の文学作品に即して具体的に追求してみたいと思うのである。

八篇の論考の内容についてあらかじめ簡単に触れておこう。

まずは、「レオナルド・ダ・ヴィンチと日本近代文学」。明治期以降の文学的想像力において西洋美術の存在はほとんど不可欠の契機になっている。西洋美術の視覚的イメージが近代の文学的想像力を触発してきたのだ。そのことをレオナルド・ダ・ヴィンチという西洋美術史におけるまぎれもない巨星に関して、夏目漱石、高村光太郎、村山槐多の三人の作品から探ってみよう。それぞれ違ったアプローチであることはいうまでもないが、やはりなんといっても中心は漱石である。英文学の素養に裏打ちされた漱石の文学的想像力が突出していることは否定すべくもない。

「森鷗外の『花子』」は、西洋近代美術史における稀代の彫刻家オーギュスト・ロダンを登場させたわが国最初の小説『花子』について論じる。実在の日本人の踊り子「小さい花子《プチトアナコ》」をモデルとして、ロダンはおびただしい頭部彫刻と粗描を残したが、鷗外はロダンのパリのアトリエでの二人の出会いの場面を外国語の資料に基づいていちはやく小説化した。これが面白い。もちろん、ここでも高村光太郎が一役演じるが、それにしても漱石、鷗外ともども、明治期の文学者のスケールをつくづく感じさせられずにはいない。

以上の二篇は、もとより「見ること」に関係してはいても特に「窃視」を扱っているわけではないが、西洋美術と日本近代文学との内在的関係を示す論考として、本書全体の（比較的穏やかな）序論を構成するといってもいいだろう。これをセクションⅠとする。

しかし次の「日本近代文学とデカダンス」こそが、本書の実質的な序論というべきかもしれない。「大正デカダンス」という表現がしばしば用いられるが、その内実を「変態」「病い」「犯罪」の概念軸で論じたものである。ここにも鷗外、漱石が不可欠の存在として登場するが、あと芥川龍之介、谷崎潤一郎、佐藤春夫、萩原朔太郎、村山槐多、そして江戸川乱歩が姿を見せる。

「「表現」をめぐる断章」は、これも概念的な論考だが、『古今和歌集』「仮名序」を嚆矢とし、近代では漱石に始まる「表現」の問題を追う。漱石の「自己表現」の考え方に異を唱えた光太郎の議論に触れ、そして近代随一の詩学の試みというべき萩原朔太郎の『詩の原理』を俎上に載せる。萩原恭次郎、岡本太郎にも言及されるが、この論考全体を次の朔太郎論に接続するものとしてお読みいただければと思う。これら二篇をもってセクションⅡを構成する。

さて、以下セクションⅢ、まずは「孤独な窃視者の夢想　江戸川乱歩と萩原朔太郎」である。本書のタイトルともなっているこの長い論考が、やはり本書全体の中心的位置を占めるといっていいだろう。

「孤独な窃視者の夢想」という表現は、もちろんルソーの『孤独な散歩者の夢想』から来ているが、「孤独」「散歩者」「窃視者」の概念を闡明しつつ、交友のあった二人のまさしく「孤独」な「夢想」のありようを探るのが目的である。乱歩において凹面鏡、顕微鏡、遠眼鏡、覗きからくり、そしてもとより映画といった視覚的装置が登場するが、片目で覗く（「隙見《すきみ》」する）ことから始まり、次にレンズを介在させ、ついには島全体をパノラマと化すというのが、その「夢想」の軌跡である。乱歩は朔太郎の詩篇「死なない蛸」や小説『猫町』を評価し、朔太郎は乱歩の『人間椅子』や『パノラマ島奇譚』を高く買った。朔太郎は、もともと犯罪とか探偵とかに親和性を持った詩人だが、その彼による現実的「窃視」の問題にも触れられる。朔太郎の「見ること」「覗くこと」「窃視」に関する異様な幾篇かの詩の読解ないし分析も試みられる。乱歩は、眼差しを送るだけで返されることのない「隠れ蓑」願望について語ったことがあるが、朔太郎はまさしく一方的に見るだけの窃視の人で、それが彼を写真機あるいはステレオスコープに淫せしめることになり、そして彼の肉眼そのものが一種の覗きからくりにもなったのだと思われる。本書の副題「日本近代文学のぞきからくり」というのは、視覚的装置と肉眼とのそうした両義性を含意している。

「夢野久作のエロ・グロ・ナンセンス」は、『ドグラ・マグラ』という前代未聞の大作をものした夢野の特に「グロテスク」論を、乱歩のそれと対比的に考察する論考である。乱歩は夢野のある種の小説を高く評価しながら、夢野のいう「変態美」や『ドグラ・マグラ』のような「狂気文学」に強い拒否反応を示した。なぜか。その理由を明らかにする。

「谷崎潤一郎　女の図像学」は、谷崎の小説において「女」がどんなふうに表象されているかを追う。谷崎における「日本人離れ」の美学と「白のフェティシズム」と私が呼ぶところのものが、いかに独特の日本的美意識論『陰影礼讃』に帰結するかが基本だが、この論考にはあからさまに映画が登場する。『痴人の愛』のナオミがアメリカの数多くの映画女優にたとえられるが、『青塚氏の話』ではそれがまぎれもなく「変態」的な映像的想像力の問題として主題化される。暗闇のなかで観客が一方的にスクリーンを見つめる映画は、それ自体制度化された「窃視」の構造である。これは『陰翳礼讃』における「闇の理法」と無関係ではない。

最後の「映画『狂った一頁』と新感覚派　覚書」は、精神病院を舞台とする、まさに「狂気文学」ならぬ「狂気映画」ともいうべき衣笠貞之助監督の画期的な映像作品と、その製作に関与した二人の文学者との関係を問う論考である。新感覚派と呼ばれる横光利一と川端康成とは、具体的にどのように映画製作に携わったのか。そして映画的なものが彼らの小説とどのような内在的関係を取り結んでいるのか。カメラの視点や動き、ショット、パーンやクロース・アップ、オーバーラップといった映画的手法が、彼らの文学的手法にどう影響しているのかという問題である。そして川端における踊り子や仮面の問題が、衣笠との微妙な関係性において考察されることになるだろう。

以上八篇の論考をもって、本書『孤独な窃視者の夢想　日本近代文学のぞきからくり』は構成される。考えてみれば、読書もまた「隠れ蓑」願望を充足させるひとつの優れた形態かもしれない。読者にはこの異貌の書をそれこそ「のぞきからくり」を覗くように、気楽に、つまり眼差しを送り返されることなく、望見していただければと思う。

孤独な窃視者の夢想

日本近代文学のぞきからくり

I

レオナルド・ダ・ヴィンチと日本近代文学

明治以降、西洋美術に関するおびただしい情報がわが国に流入するにしたがい、それがわが国の近代文学のなかにどのようなかたちで入りこみ、そしてそこでどんな役割を演じることになったかという問題について考えてみたい。美術と文学の関係というそれ自体伝統的なテーマの一部をなすが、ここではレオナルド・ダ・ヴィンチという存在が日本近代文学にどのような影を落としているかという一点に焦点を絞って概観を試みたいと思う。

1　夏目漱石

レオナルド・ダ・ヴィンチという存在を、美術評論の主題としてではなく、小説のなかで初めて採り上げたのは、夏目漱石である。

いまふうに言うと「超短篇」あるいは「掌篇」がたくさん収められた『永日小品』という作品がある。明治四十二年（一九〇九年）に朝日新聞に連載したものである。なかに「モナリサ」という文章がある。

男が古道具屋で「色摺の西洋の女の画《え》」を八十銭で購入して家に持ち帰ると、細君がその「黄ばんだ女の顔」を眺めて、「気味の悪い顔です事ねえ」と言う。男が欄間《らんま》に釘を打って掛けようとすると、細君が「この女は何をするか分らない人相だ。見ていると変な心持になる」と言ってしきりに止める。男も細君の評が当たっているような気がしてきて、「この縁起の悪い画」を五銭で屑屋に売り払ってしまったという話である。

この絵が「モナリサ」というわけだが、それはたまたま男が額の裏を開けてみたら、四つ折の西洋紙が出てきて、そこにこう書いてあったからだ。「モナリサの唇には女性《にょしょう》の謎がある。原始以降この謎を描き得たものはダ・ヴィンチだけである。この謎を解き得たものは一人もない。」

ところがこの話には、男の勤め先の誰ひとり、「モナリサ」も「ダ・ヴィンチ」も知らなかったというオチがついている。漱石一流のひねりというべきで、これを当時の状況そのままの描写と受けとってはなるまい。

いずれにせよ、漱石にこういうかたちでレオナルド・ダ・ヴィンチを素材にさせた知的背景はどんなものだろうか。漱石と美術といえば、ラファエル前派やアール・ヌーヴォー、すなわち総じて世紀末美術との関係を問題にするのが常で、それは『草枕』（明治三十九年／一九〇六年）をはじめとする作品群に容易に見てとれるところであるが、いやレオナルド・ダ・ヴィンチその人も漱石のなかで決して小さな存在ではなかったことを確認しなければならない。明治三十三年（一九〇〇年）から明治三十六年（一九〇三年）まで、まさに世紀転換期に三

レオナルド・ダ・ヴィンチ《モナ・リザ》

年にわたって英国留学をしていた漱石が、十九世紀末から二十世紀初頭のヨーロッパにおける異様なレオナルド・ブームを知らなかったはずはない。

ちなみに、世紀末ヨーロッパについての古典的研究書のひとつであるといっていいロジャー・シャタックの『無垢の眼』(一九六〇年)に収められた「亀と兎」と題する論考によれば、一八六九年から一九一九年にいたる五十年間に、ヨーロッパではレオナルドを主題としたテクストがほぼ五十本出ている。「亀と兎」は、ポール・ヴァレリーとジークムント・フロイトの、それぞれのレオナルド論を対比したものである。「レオナルド・ダ・ヴィンチ方法序説」(一八九四年)と「レオナルド・ダ・ヴィンチの幼年期の一記憶」(一九一〇年)。明晰な意識そのものであるような知的主人公vs同性愛者。おそらくお互いを知らぬままに、ヴァレリーとフロイトは対照的な自分のレオナルド像をつくり上げた。マルセル・デュシャンが複製の《モナ・リザ》の顔にひげを付けたのは、一九一九年のことである。

アンリ・ベルクソンは、クレルモン゠フェランのリセで美学の講義を担当したことがあるが、すでに一八八七年、第二講義「芸術」において、ジョコンダ、すなわち《モナ・リザ》に言及して、「レオナルド・ダ・ヴィンチのジョコンダを眺める人々は、自分の精神状態にしたがって、そこにきわめて多様な感情を見分ける」(拙訳)と述べている。漱石のくだんの細君もまた「自分の精神状態にしたがって」不吉な気味の悪さを感じたわけだが、ヨーロッパのレオナルド・ブームの火付け役は、なんといってもウォルター・ペイターであるといわなければならない。A・リチャード・ターナー『レオナルド神話を創る』(一九九三年/邦訳、白揚社、一九九七年)は、ジョルジョ・ヴァザーリ以降、ヨーロッパのレオナルド像がどのように形成されていったかを仔細に追った労作であるが、ペイターがいかに大きな役割を演じたかがそこで説得的に述べられている。いや、シャタックが「一八六九年から」と書いているのも、一八七三年に刊行されたペイターの『ルネサンス』に収められた「レオナルド・ダ・ヴィンチ」という文章が、まさにその年に発表されたからだった。

漱石の「モナリサ」の背後にも明らかにペイターの「レオナルド・ダ・ヴィンチ」がある。四つ折の西洋紙に書かれていたのも、まさにペイターのレオナルド論の要約ともいうべきものではないか。

漱石は、英国留学から帰国後時を置かずに東京帝国大学で講義を持ち始めた。明治三十六年(一九〇三年)九月から三十八年(一九〇五年)五月まで続けられた講義は、四十年(一九〇七年)三月に『文学論』として刊行されたが、その「第三編文学的内容の特質」のなかで、ペイターのレオナルド論のもっとも有名な箇所がそっくりそのまま引用されている。「Pater

がLa Giconda を評したる語に曰《いわ》く」と述べたあとに、漱石は原文を引いている。『文学論』講談社学術文庫版校註者宮崎孝一による当該箇所の訳を挙げておこう。

このように水際に玄妙な形で現れた姿は、千年の時のたつ間に人々が欲するようになったものを表現している。ここには『世の終末が訪れた』顔があり、まぶたはいささかもの憂げである。それは内面から肉体の上に作り出された美であって、小さな細胞を一つ一つ重ね、不思議な思考や、異様な幻想や、精妙な情熱を堆積させたものである。この像を、しばしギリシャの純白な女神や古代の美女たちのそばに置いたならば、魂がそのすべての煩《わずら》いを伴ってはいり込んで来たこの美を見て、彼女らは定めし不安を覚えることであろう。そこには、世界のすべての思想や経験が、外面の形を洗練し、表現力を与える力を有する限りにおいて、ギリシャの獣欲主義も、ローマの色欲も、精神的野心や想像に培《つちか》われた愛を伴った中世の幻想も、異教世界の復帰も、ボルジア家の罪をも刻み込み形作っている。彼女は、彼女を取り巻く岩よりも古く、吸血鬼のように、幾度か死んで冥府の秘密を知り、深海にもぐったことがあって海底の明りを今も身に留め、東方の商人たちと不思議な織物の売買もし、レダとなってはトロイのヘレンの母となり、聖アンとなってはマリヤを生んだ。しかも、これらのことは彼女にとって竪琴や笛の音に過ぎなかったのであって、これらは刻々変わる容貌を形作り、まぶたや手に色彩を添えた繊細さの中にのみ存在するのである。一万の経験を一身に集める永久の生というのは古くからある考えであり、また、現代思想は、人間が、あらゆる種類の思考や生活によって作用され、それらを自分の中に要約するという考えをいだくに至った。たしかにリザ夫人は、古代の空想の体現として、また現代の思想の象徴として存在するものと言えよう。

原文のあとに、漱石はこう付言している。「かくのごとく解剖的なる記述は複雑なる今日においても容易に見るべからず。かくのごとく総合的に一種まとまりたる情緒を吾人に与える記述もまた疇《たぐい》すくなかるべし」と。

漱石が引用した箇所には、モナ・リザのあの微笑については触れられてはいない。ペイターは、ひとつ前の節のなかで、「レオナルドの全作品にゆらめく何かしら不吉なものの影をいつも湛えているあの量りがたい微笑」（『ルネサンス』別宮貞徳訳、冨山房、一九七七年）という表現を用いている。一八八〇年代のパリのある界隈では、謎めいた微笑をつくることが客引き女の流行になったほどだというが、しかし漱石は確かに「モナリサ」のなかでは一度も

「微笑」という言葉を使ってはいない。漱石は「モナリサ」という掌篇以外でも、なんらかのかたちでレオナルド・ダ・ヴィンチの名に触れているのだろうか。

『文学論』の講義を終えた明治三十八年（一九〇五年）に、漱石は最初の長篇小説『吾輩は猫である』を刊行した。そこに盛んに登場する「美学者」の言葉のなかにレオナルドの名がでてくる。

美学者はそれだから画《え》をかいても駄目だという目付で「しかし冗談は冗談だが画というものは実際むずかしいものだよ、レオナルド・ダ・ヴィンチは門下生に寺院の壁のしみを写せと教えたことがあるそうだ。なるほど雪隠などに這入って雨の漏る壁を余念なく眺めていると、なかなかうまい模様画が自然に出来ているぜ。君注意して写生して見給えきっと面白いものが出来るから」「また欺すのだろう」「いえこれだけはたしかだよ。実際奇警な語じゃないか、ダ・ヴィンチでもいいそうな事だあね」「なるほど奇警には相違ないな」と主人は半分降参をした。しかし彼はまだ雪隠で写生はせぬようだ。

壁のしみを見てさまざまなものを想像的に描き出すというのは、レオナルドの『絵画論』

に見える有名な一節だが、じつのところこの件りは、ヴァザーリの『画家・彫刻家・建築家列伝』（一五五〇年）の「レオナルド・ダ・ヴィンチ」の章にもペイターの『ルネサンス』のなかにも見出すことはできない。漱石の蔵書目録のなかにレオナルドの『手記』があるそうだが、とすれば漱石はくだんの知識を『手記』そのものから手に入れたか、あるいはロシアのメレジュコフスキーのレオナルドを主人公とする小説『神々の復活』（一九〇一年）から知ったか、おそらくそのいずれかであろう。ちなみにペイターの『ルネサンス』の本邦初訳は、杜翁全集刊行会から大正十年（一九二一年）に出ており、メレジュコフスキーの『神々の復活』が米川正夫訳で新潮社から出たのも、奇しくも同じ大正十年のことである。漱石はメレジュコフスキーの一九〇五年の英訳版を所蔵しているようだから、漱石の情報源は、すべて英語文献によるものと推測される。『草枕』の次の箇所はどうだろうか。

ただ、物は見様《みよう》でどうでもなる。レオナルド・ダ・ヴィンチが弟子に告げた言に、あの鐘の音を聞け、鐘は一つだが、音はどうとも聞かれるとある。一人の女も見様次第でいかようとも見立がつく。

『神々の復活』第六編のなかの壁のしみについてのその同じ一節に、こういう言葉がある。「また遠い鐘の交響に耳を傾けてゐると、その雑然と入り交つたどよめきの中に、自分の考へ出さうと望んでゐる名前や言葉を、自由に聞き取ることが出来るのだ」(米川正夫訳)。

レオナルドの『絵画論』の一節を引いているわけだが、漱石の典拠はどちらだろうか。ペイターとともにヨーロッパで大いに読まれることになったメレジュコフスキーのことである。漱石の情報はロシアのこの稀代の小説家から得たと見たほうが妥当であるように思われる。

『三四郎』(明治四十一年/一九〇八年)にも、レオナルドは登場する。三四郎が汽車のなかで、のちに広田先生と知れる「髭ある人」に桃をすすめられる。桃を食べながらだんだん親密になると、男は次々と変った話をして三四郎を煙に巻く。

「実際危険《あぶな》い。レオナルド、ダ、ヴィンチと云う人は桃の幹に砒石《ひせき》を注射してね、その実へも毒が回るものだろうか、どうだろうかと云う試験をした事がある。ところがその桃を食って死んだ人がある。危険《あぶな》い。気をつけないと危険《あぶな》い」と云いながら、さんざん食い散らした水蜜桃の核子《たね》やら皮やらを、一纏《ひとまと》めに新聞に包《くる》んで、窓の外へ抛《な》げ出した。

典拠は明らかにメレジュコフスキーであるようだ。『神々の復活』第三編「毒の木の実」は、まさにこのことを主題にしているからだ。これ以外にありえない。

漱石が「微笑」という言葉を用いたのは、ただ一回、『行人』（大正三年／一九一四年）において、弟の二郎の視点から兄の一郎の嫁直《なお》について、こんなふうに述べている箇所においてである。

ジョコンダに似た怪しい微笑の前に立ち竦まざるを得なかった。

漱石の作品のなかに見出すことのできるレオナルド・ダ・ヴィンチについての言及は、以上見てきたとおりだが、じつはもうひとつ押さえておかなければならない問題がある。名前が挙げられていなくても、レオナルドとの関連が推測される重要な作品が存在するからだ。それは『幻影の盾』である。

漱石は、明治三十八年（一九〇五年）の一月から雑誌『ホトトギス』に『吾輩は猫である』の連載を始めながら、その同じ年のうちに『倫敦塔』（一月）、『幻影の盾』（四月）、『薤露行《かいろこう》』（十月）など、英国の史実や伝説に材を取った作品を立て続けに発表した。『幻影の盾』は、

「遠き世の物語である。……いつの頃とも知らぬ。ただアーサー大王の御代《みよ》とのみ言い伝えたる世」における、虚構の人物たちによる恋愛物語である。この物語のモチーフとなった盾、それが問題だ。

盾の真中が五寸ばかりの円を描いて浮き上る。これには怖《おそ》ろしき夜叉《やしゃ》の顔が隙間もなく鋳出《いいだ》されている。その顔は長《とこ》しえに天と地と中間にある人とを呪う。［中略］頭《かしら》の毛は春夏秋冬の風に一度に吹かれたように残りなく逆立っている。しかもその一本一本の末は丸く平たい蛇の頭となってその裂け目から消えんとしては燃ゆるごとき舌を出している。毛と云う毛はことごとく蛇で、その蛇はことごとく首を擡《もた》げて舌を吐いて縺《もつ》るるのも、捻《ね》じ合うのも、攀《よ》じあがるのも、にじり出るのも見らるる。五寸の円の内部に獰悪《どうあく》なる夜叉の顔を辛うじて残して、額際《ひたいぎわ》から顔の左右を残なく塡《うず》めて自然《じねん》に円の輪郭を形《かた》ちつくっているのはこの毛髪の蛇、蛇の毛髪である。遠き昔しのゴーゴンとはこれであろうかと思わるるくらいだ。ゴーゴンを見る者は石に化すとは当時の諺《ことわざ》であるが、この盾を熟視する者は何《なん》人《びと》もその諺のあながちならぬを覚《さと》るであろう。

「望《もち》の夜《よ》の月のごとく丸い」楯の中央に描かれたゴルゴン＝メドゥーサさながらの「夜叉の顔」。漱石はこの生々《なまなま》しい視覚的想像力をどのようにして培《つちか》ったのだろうか。

ペイターは、ヴァザーリの記述に基づいて、レオナルドが描いたとされるウフィツィの《メドゥーサ》に触れているが、まずヴァザーリの記述を確認しておこう。ヴァザーリはレオナルドの少年時代の逸話として、こう語っている。

セル・ピエーロ・ダ・ヴィンチが別荘にいたとき、彼の小作人が地所で切り倒した無花果の木から、自らの手で小円形の楯を作った。そしてピエーロに、フィレンツェで誰かにその楯に絵を描かせて下さい、と頼んだ。［中略］楯をフィレンツェに持って行き、息子のレオナルドに誰からの依頼とも言わずに、そこに何か描くように頼んだ。レオナルドはある日その楯を手に取って見たが、歪んでつくられており、不恰好なので、火に焙ってその歪みを直した。そして、ろくろ師のもとに送り、粗くて不恰好な楯を精巧で均質なものにさせた。そしてその表面に漆喰を塗り、自分のやり方で整え、そこに何が描けるか考え始めた。メドゥサの首を見るのと同様な効果を引き起こし、見るものをおじけさせるようにしたいと考えた。そのためにレオナルドは自分の他には誰も入れずに部屋に閉じこもり、蜥《と》蜴《かげ》、こうろぎ、蛇、蝶、ばった、蝙蝠《こうもり》といった奇妙な動物を集め、いろいろに組み合わせて、たいへん怪奇な恐ろしげな動物をつくり出し、その動物が吐く息で空気を毒し、火を吹くようにし、暗くくだけた岩から這い出るところを描いた。開いた咽喉からは毒気を放ち、目からは火、鼻からは煙を吹く奇妙かつ怪異な、恐ろしい姿であった。（田中英道訳）

メレジュコフスキーは、『神々の復活』第十一編のなかで、ヴァザーリの記述をほとんど下敷きにして、「画家はその楯に、メドゥサの首と同じやうに、見る人に恐怖の念を起させる怪物を描かうと、思ひついた」と書き、そして「しかし何よりも不思議なのは、この怪物の恐ろしい姿が、まるで美のやうに人の心を捕へ、かつ牽き寄せる事であつた」と付け加えている。

ヴァザーリがまるで見てきたように記述するレオナルドの少年時代の作品は、もとより現存しない。ペイターも、これを「おそらく作り話にすぎない」と書いている。ペイターのいうウフィツィの《メドゥーサ》は、これとは別の作品である。ペイターのいうところを聞こう。

16世紀フランドル派《メドゥーサの首》

彼がフィレンツェに残した大作、もう一つ別のメドゥーサは、たわむれに描いたものではなかった。この主題は従来さまざまな扱いをされてきているが、レオナルドだけがその核心に切りこんでいる。彼だけが、死のあらゆる状況を通じて力をふるう死体の頭として、メドゥーサを描いている。腐敗の魅惑とでも言うべきものが、みごとに完成された美の一筆一筆をつらぬいている。頬の優雅な線のあたりを、蝙蝠が人目に触れず飛びまわり、細い蛇がメドゥーサの頭から逃れようとのたうちまわって、文字どおり互に相手を締め殺さんばかり。暴力による死につきものの色あいが、その相貌にあらわれている。さかさに見える顔の目鼻はあくまでも堂々と大きく、巧みな遠近法で描かれ、どっしりと巌のごとき頭頂が最前部にあって、蛇

の波がそこに砕けている。(別宮貞徳訳)

ヴァザーリはといえば、この作品への言及はごくあっさりしている。

レオナルドはまたメドゥサの頭部を油絵に描こうとし、その構想をしたことがあった。もつれたたくさんの蛇で頭髪がつくられ、想像もできぬほどの奇怪で風変わりな着想であったが、時間がかかる仕事であったために、ほとんどすべての作品がそうであったように、未完成のまま残された。

ペイターの記述は、そっけないヴァザーリのそれとは異なり、実際にこの作品を見た経験に裏付けられているといえよう。フィレンツェのウフィツィ美術館に現存するこの作品は、しかしいまではレオナルドのものとみなされてはいない。カラヴァッジョの影響を指摘されもする十六世紀フランドル派の作品と考えられている。ルーベンスの《メドゥーサの首》(一六一八年)は、明らかにこの作品の延長線上に登場したものと見ることができよう。

ところで、マリオ・プラーツは、その『肉体と死と悪魔』(一九三〇年初版、邦訳、国書刊行会、

ルーベンス《メドゥーサの首》

一九八六年）の冒頭を「メドゥーサの美」から始めているが、くだんの作品が詩人P・B・シェリーに深い印象を残したと書いている。シェリーは一八一九年の終わり頃、ウフィツィ美術館でこれを見たというのである。この絵に基づいて成った彼の詩をそっくり引用しながら、プラーツはペイターが「シェリーの詩を思い出しながら」例の一節を書いたと主張しているのだが、しかしペイターの文章のなかにじつのところ一度もシェリーの名前が引かれていないところからすれば、この点はいささか割り引いて聞いておかなければなるまい。とはいえ、メドゥーサとシェリーとの関連を指摘するプラーツの議論は、きわめて示唆的である。なぜなら漱石は、ゴルゴン＝メドゥーサに関する詩は直接には挙げていないにせよ、『文学論』のなかで頻繁にシェリーに言及しているからだ。シェリーは、漱石のもっともお気に入りの詩人のひとりだと見て間違いない。

漱石は、ペイターの記述を知悉した上で、そしてこの英国ロマン派詩人の想像圏を親しく経めぐりながら、『幻影の盾』のくだんの一節を書き上げたのである。それはまた世紀末ヨーロッパのレオナルド・ブームの極東におけるひとつの特殊な余波であると見ることもできるだろう。

2　高村光太郎

夏目漱石が「ジョコンダに似た怪しい微笑」と書いた『行人』の刊行された大正三年（一九一四年）に、高村光太郎は最初の詩集『道程』を上梓した。その冒頭に「失はれたるモナ・リザ」という一篇が掲げられている。全文を引こう。

モナ・リザは歩み去れり

かの不思議なる微笑に銀の如き顫音《せんおん》を加へて
「よき人になれかし」と
とほく、はかなく、かなしげに
また、凱旋の将軍の夫人が偸視《ぬすみみ》の如き
冷かにしてあたたかなる
銀の如き顫音を加へて
しづやかに、つつましやかに
モナ・リザは歩み去れり

モナ・リザは歩み去れり
深く被はれたる煤色《すすいろ》の仮漆《エルニ》こそ
はれやかに解かれたれ
ながく画堂の壁に閉ぢられたる
額ぶちこそは除かれたれ
敬虔の涙をたたへて

画布《トワアル》にむかひたる
迷ひふかき裏切者の画家こそはかなしけれ
ああ、画家こそははかなけれ
モナ・リザは歩み去れり

モナ・リザは歩み去れり
心弱く、痛ましけれど
手に権謀の力つよき
昼みれば淡緑に
夜みれば真紅《しんく》なる
かのアレキサンドルの青玉《せいぎょく》の如き
モナ・リザは歩み去れり

モナ・リザは歩み去れり
我が魂を脅し

我が生の燃焼に油をそそぎし
モナ・リザの唇はなほ微笑せり
ねたましきかな
モナ・リザは涙をながさず
ただ東洋の真珠の如き
うるみある淡碧《うすあを》の歯をみせて微笑せり
額ぶちを離れたる
モナ・リザは歩み去れり

モナ・リザは歩み去れり
かつてその不可思議に心をののき
逃亡を企てし我なれど
ああ、あやしきかな
歩み去るその後《うしろ》かげの慕はしさよ
幻の如く、又阿片を燔《や》く燗の如く

消えなば、いかに悲しからむ
ああ、記念すべき霜月の末の日よ
モナ・リザは歩み去れり

光太郎が雑誌『スバル』にこの詩を「根付の国」などとともに発表したのは、明治四十四年（一九一一年）一月、二十九歳の折である。明治三十九年（一九〇六年）から四十二年（一九〇九年）にわたる三年間の欧米滞在を終えて帰国した二年後のことだ。この年から光太郎は堰を切ったように詩を書き始めた。「根付の国」に典型的に表現されているように、意識の上で「日本人離れ」した光太郎が、父光雲に代表される「日本人そのまま」に辛辣な眼差しを注ぎ（この問題に関しては拙著『肉体の迷宮』ちくま学芸文庫、二〇一三年を参照）、その反動のようにデカダンな生活に溺れていたときのことだ。

この「モナ・リザ」は、吉原河内楼の娼妓「若太夫」のことだと一般に指摘されている。明治四十三年、光太郎は彼女と夫婦約束までして通いつめたといわれるが、「霜月の末の日」に別れを告げられたらしい。パリの女たちをまるで「虎を見てゐるやうな」（「父との関係」一九五四年）と形容した光太郎が、吉原で春をひさぐ日本の女に大いに慰められ、光太郎一流の観念的な思い入れをしたであろうことは容易に推測される。

光太郎がルーヴルで目のあたりにしたにちがいないレオナルドの《モナ・リザ》は、ここで「不思議なる微笑」を浮かべる女の比喩として用いられている。画家＝作者＝男（＝光太郎）の思い入れ（「画堂」「額ぶち」）をやすやすと脱し、「モナ・リザ」＝作品＝女（＝若太夫）は「しづやかに、つつましやかに」「歩み去」っていく。「微笑」は、自分の手をすりぬける女の心の不可思議さの記号として光太郎には機能しているが、女の側からすれば、自分の本心を包み隠し相手に不快な思いを与えぬための職業的な偽装・擬態以外のなにものでもなかっただろう。それは、世紀末のレオナルド・ブームを背景に、パリの客引き女たちが浮かべたという謎めいた微笑と、さほど隔たったものでもなかったというべきではあるまいか。

3　村山槐多

夏目漱石が『行人』を、そして高村光太郎が『道程』を刊行した大正三年（一九一四年）に、十九歳の村山槐多は「レオナルドに告ぐる辞」を書いている。

わがレオナルドよ。

われ君の生涯を思ふ時、常に強き革、我が身体を縛するなり。そは君は友なればなり。我も亦君と同じ道を歩むものにてあればなり。君が十九才の時までに君は画家として著名なりき。強力と其の美とに著名なりき。しかして、我は今十九才なり。我は画家としての自己の力量には愧ぢるところ多し。ああ、レオナルドよ、君は我に秀れたり。されど君はすでに、わが時代の礎石に過ぎざるなり。我は今多くの君に秀れたる考を有てることを君に告ぐるなり。美と力とに於て我君に劣る、されど我は信ず、我は君に劣らざるなり。唯われは今境遇の強ひたる悪しき仮面を冠れり。しかるに君はよき仮面を冠りたり。其の差あるのみなり。［中略］

レオナルドよ、我は君の如く生きむ。君の如く進まむ。

……

青年の驚くべき矜持に支えられた、レオナルドへの熱い崇敬と対抗心。それにしても、「画家としての自己の力量……」云々とは、どういうことだろうか。

槐多の「画家としての自己」に関する事象を、『村山槐多全集』（彌生書房、一九六三年）の

「年譜」（山本太郎作成）から拾ってみよう。明治二十九年（一八九六年）、横浜に生まれた槐多は、地理の教師をしていた父の仕事の関係で、幼時、京都に住んだ。京都府立第一中学校を卒業して上京したのが、まさに大正三年（一九一四年）、十九歳の折である。十五歳のとき従兄にあたる画家山本鼎に出会い、絵の道に進むことを決意。中学校時代は、絵よりもむしろ詩に熱中し、いくつもの回覧雑誌をつくって、詩はもちろん、小説、戯曲なども書き散らした。十九歳のときに、キュビスム、未来派風の水彩画、版画を制作し、展覧会を開いて、賞賛を博した。卒業後、上京して山本鼎の親友小杉放菴の家に寄寓、日本美術院研究生となり、十月の第一回二科展に《庭園の少女》など数点の水彩画を出品した。

「レオナルドに告ぐる辞」を書いた十九歳までの足跡は、「年譜」によるかぎり、この程度しか辿れず、「愧ぢるところ多し」と槐多みずから書いたのも、まだ納得のゆく絵の道を切り拓いていないとの自覚の上に立ってのことだろう。しかしそれは同時に、「レオナルドよ、我は君の如く生きむ。君の如く進まむ」という未来へ開かれた槐多の画家宣言でもあった。

実際、槐多は、翌大正四年、美術院第一回習作展に油絵《六本の手のある女》他数点を出品、また《尿《ゆばり》する裸僧》を制作。第二回美術院展には水彩画《カンナと少女》を出品して院賞受賞。大正五年には小杉家から離れ自活。美術院第二回習作展に「素描」四点を出品し、また油絵《猿と女》を描く。大正六年には、美術院第三回習作展に油絵《湖水の女》や素描を出品して美術院賞金を受け、第四回美術院展に油絵《乞食と女》を出品して院友に推されている。大正七年、美術院第四回習作展にも《自画像》他を出品し、美術院賞金を受け、また大正八年にも美術院賞を受賞するなど、数年間、槐多は美術院を主たる舞台にまぎれもない独自の作品を憑かれたように描き続けた。「美術院に通う若い画家は、殆ど槐多の絵の影響を受けていた」、と「年譜」にはある。

さて、その槐多に『美少年サライノの首』という小説ふうの短篇がある。執筆年代は確定されていないが、京都の中学校時代もしくは「レオナルドに告ぐる辞」と前後する時期であることはまず間違いない。

「小春の夜の京都をあてどもなくうろついて居た」語り手は、こう叫ぶ。「この時吾は見た。サライノの首を。その幻を。吾崇拝せる人の愛人を。そして吾の恋人を」。「崇拝せる人」すなわちレオナルド・ダ・ヴィンチの愛人が、とりもなおさず「吾」すなわち槐多の恋人にほかならないというわけだ。レオナルドと「吾」は、こうやり合う。

「汝はサライノを恋するか。」「然り。」と吾は答へた。「サライノは俺の美少年だ。」とレオオナルドは答へる。吾が思ひは苦しさにあへいで居る。暗は深い。真に吾はサライノを恋する。かの美しきサライノを。レオナルドこそは吾恋の敵だ。「汝より吾サライノを奪はん。」と吾が答へた。

画家としてのレオナルドに画家としての槐多が対抗心を燃やすばかりではない。レオナルドの「美少年」をも、また自分の「恋人」としてその手から奪おうというわけである。しかし、レオナルドに実際にサライノという名の美少年がいたわけではない。一四九〇年にレオナルドのもとに弟子入りした少年の名はサライであって、ヴァザーリもこう書いている。

またミラーノにいる間、弟子としてミラーノ出身のサライを雇ったが、上品さと優美さとをかねそなえた愛らしい青年で、カールした美しい髪をしていた。レオナルドはとりわけ彼を愛した。

が、少年の名をサライといってしまうのも、じつのところ正確ではない。十歳でレオナルドのもとに弟子入りした少年の本当の名前は、ジャン・ジャコモ・カプローティであって、レオナルドはルイジ・プルチの叙事詩「モルガンテ」に由来する小悪魔の同義語としての「サライ」という呼称を少年に付けたのである。レオナルド自身、「盗人、嘘つき、強情ぱり、大食漢」などときめつけた悪行癖の抜けぬこの少年を、二十六年間、死にいたるまで可愛がり続けた。一四七六年に十七歳の少年をめぐる男色行為の嫌疑で起訴され、結果としては無罪になったものの、いっさい女性をそばに置かなかったレオナルドには、生涯同性愛者の噂がつきまとったが、その具体的対象こそがとりわけこのサライだったのである。

では、なぜ槐太は「サライノ」と書いているのだろうか。どうやらこの呼称の淵源（あるいは元凶というべきか）は、やはりペイターであるようだ。『ルネサンス』の「レオナルド・ダ・ヴィンチ」のなかで、ペイターはこう書いている。

しかし、もっと若い人の頭部像で、愛の神が自分のものとして選ぶようなものが一つフィレンツェにある——一人の青年の頭部で、豊かに波打つ美しい髪（belli capelli ricci e inanellati）のゆえにレオナルドに愛され、後にその気に入りの門弟・従僕となったアンドレア・サライーノの肖像とも見られよう。生ける男女に対する関心が、レオナルドのミラノでの生活をさぞや充実させていたことと思われるが、そのなかでただこの愛情だけが記録に残っている。また、サライーノのほうもレオナルドにまったく似通ってきたために、ルーヴルにある『聖アンナ』の絵は、サライーノ作と思われている。これは、レオナルドが普通どのような弟子を選ぶかを明らかに示すものである。彼の弟子は、サライーノのように、人物もしくは交際に生来の魅力をもつ者、あるいは、フランチェスコ・メルツィのように生れがよく高貴な暮しを送っている者――彼の秘伝を授かるのにちょうどよい才能をもつ者で、彼らはまた秘伝を授かるためには、自分の個性を捨てることも辞さなかった。

レオナルド・ダ・ヴィンチ《二人の男》。右側の男がサライと思われる。

この翻訳（別宮貞徳訳）の「アンドレア・サライーノ」のところには「訳註」が付いていて、こうある。「アンドレア・サライーノという画家は存在しない。アンドレア・ソラリオAndrea Solarioとジャコモ・サライGiacomo Salaiの混同か？　後者は一四九〇年にレオナルドのもとに参じ、終生そこにとどまった」。ちなみに、筑摩書房版『ウォルター・ペイター全集1』（二〇〇二年）に収められた『ルネサンス』（富士川義之訳）の同じ箇所の「註解」には、「ケネス・クラークによれば、アンドレア・サライーノという画家は存在しない。アンドレア・ソラリオとジャコモ・サライの混同らしい。後者は一四九〇年以来、終生レオナルドのもとにとどまった」とある。イギリスの美術史家ケネス・クラークの名の有無のほかは、まったく同様の説明である。「訳註」「註解」の差こそあれ、二人の訳者が同じ典拠（ケネス・クラーク）に基づいていることは間違いあるまい。ジャコモ・サライという人物は、しかしこの呼称が必ずしも間違いではないとはいえ、正確にいえばこれも実際には存在しない。

いずれにせよ、サライーノという表現は、ペイターに端を発し、メレジュコフスキーの小説『神々の復活』においても、あるいはフロイトの論文「レオナルド・ダ・ヴィンチの幼年期の一記憶」においても、当然のように用いられている。いわば人口に膾炙《かいしゃ》したこの表現を、槐多もそのまま用いているわけである。

ところで、『美少年サライノの首』の幻想には、じつはひとつの現実的背景があったようだ。それは、槐多にはレオナルドのサライにも相当する少年がいたらしいということである。「年譜」の大正元年の項に、「一級下のYという少年に恋をする」とある。槐多は、大正四年に「ある美少年に贈る書」という文章を書いたが、その美少年がYであるに相違ない。おそらく槐多は、「苦しさにあへいで居る」みずからの思いを、レオナルドの「サライノ」への愛に仮託したのであろう。

ちなみに、江戸川乱歩が雑誌『文体』の昭和九年（一九三四年）六月号に発表した「槐多『二少年図』」というエッセイは、この点に関してまことに示唆的な見解を示している。乱歩は、槐多の『悪魔の舌』のような小説を高く評価するばかりではない。その絵を愛して、《二少年図》という槐多のまさしく十九歳のときの作品を購入しているのである。乱歩は書いている。

この絵を部屋に懸けて、じっと眺めているうちに、私は、そこに描かれたものは、ただ無意味な二少年像ではなくて、その裏に、槐多の一生を支配した、ある美しいギリシャ人の愛が、深くも秘められていることをだんだん悟るようになった。

乱歩によれば、「右側にいる、丸々と丈夫そうな、非常に血色のよい、勝気で腕白らしい少年」が槐多自身で、「それに相対して、ウットリと佇んでいる、しなやかに青白い少年は、おそらく槐多のジョコンダであろう」ということになる。ジョコンダという比喩は間違いではないにしても、しかしより正確には「サライノ」というべきであろう。乱歩は、このエッセイを、「私は今、ほの暗い書斎の中に、村山槐多の夢と共に住んでいる。その夢が私に不思議な喜びを与えている」と結んでいる。

レオナルド・ダ・ヴィンチは、一五一六年秋、サライ、メルツィ、そして召使いのバッティスタ・デ・ミラーニを連れてミラノを発ち、フランスのアンボワーズ郊外のクルー城に赴いた。フランソワ一世の招聘を受けて、新しく城を設計するためだった。しかし、その構想が日の目を見ぬままに、一五一九年、この「万能の人」は異郷の地で死去した。愛するサライは、このときすでにイタリアに戻っていたらしい。享年六十七。

槐多は、ちょうどその四百年後の一九一九年、大正八年、肺結核のため二十二歳の若さで夭折した。死ぬ間際にY少年の名を口にしていたと伝えられる。

以上、近代文学史上の三人の日本人とレオナルド・ダ・ヴィンチとの関係を概観した。村山槐多以降、レオナルドとサライの関係を特に大きく扱ったものに、歌人塚本邦雄の小説『獅子流離譚——わが心のレオナルド』(集英社、一九七五年)がある。著者が「あとがき」にいうように、この小説は主にアドルフ・ローゼンベルク『レオナルド・ダ・ヴィンチ』(原著一九二四年、加茂儀一訳、冨山房、一九四一年)に依拠している。ここでは正しく「サライ」と表記されていることを付け加えておく。

村山槐多《二少年図》1914年

なお、本文中、夏目漱石の小説の引用は、ちくま文庫版『夏目漱石全集』(全十巻)、『文学論』からの引用は講談社学術文庫版によった。現代仮名遣いを採用したためである。

森鷗外の『花子』

森鷗外の短篇『花子』は、こう始まる。

August《オオギュスト》 Rodin《ロダン》は為事場《しごとば》へ出てきた。

不世出のフランス人彫刻家を登場させたわが国最初の小説は、明治四十三年（一九一〇年）七月、雑誌『三田文学』に発表された。『ヰタ・セクスアリス』の翌年、『青年』執筆中の鷗外四十八歳の折である。

同じ明治四十三年の十一月に雑誌『白樺』が大々的な「ロダン号」を組むことになる。ロダン七十歳の誕生日（十一月十四日）を記念し、巻頭に有島生馬宛に送られてきたロダンの言葉を掲げたこの号には、高村光太郎、木下杢太郎、有島武郎、阿部次郎、武者小路実篤、柳宗悦、森田亀之輔ら総勢十六名のエッセイが集められたが、鷗外はこれに寄稿していない。

明治三十五年（一九〇二年）、コペンハーゲンの博覧会に踊り子として出演するためドイツのプロイセン号で横浜を出港し、博覧会終了後は寄せ集めの舞踊団を組織してヨーロッパ各地を巡業していた花子、本名太田ひさの公演をロダンが初めて見たのは、一九〇六年四月の十四日から十一月十八日まで開かれたマルセイユの植民地博覧会でのことである。パリのブーローニュの森の野外劇場プレ・カトランでカンボジアの宮廷舞踊団の踊り子に魅了されたロダンは、彼女たちが乗船する予定のマルセイユまで列車に同乗してついて来てしまい、そしてそこで花子を発見することになる。鷗外もこういう一文を挿入している。

> いつかKambodscha《カンボジヤ》の酋長が巴里に滞在していた頃、それが連れて来ていた踊子を見て、繊《ほそ》く長い手足の、しなやかな運動に、人を迷わせるような、一種の趣のあるのを感じたことがある。

カンボジヤの踊り子ばかりではない。ロダンは、すでに一九〇〇年のパリ万国博覧会で貞《さだ》奴《やっこ》に夢中になるという前歴を持っている。川上音二郎・貞奴一座は、アメリカの女性舞踊家ロイ・フラー――大きな布をまとい電光照明を活用した新趣向のダンスでアール・ヌーヴォーの一翼を担ったあのフラーのマネージングのもと、大変な人気を博していたのである。ロダンは、このとき個人的に貞奴に会おうとしたが、かなわなかったらしい。そして、じつは花子の興業の背後にも、このフラーがいた。一九〇五年、ロンドンのサヴォイ劇場で公演中の太田ひさを見出し、これをわかりやすく「花子」と命名したのも、この女性だった。以後、日本演芸の一座は、フラーのマネージングによって「花子一座」となったわけである。

花子の肖像写真　1910年頃

もっとも、主に金銭的な問題で、両者は必ずしもつねにしっくりいったわけではなかったようなのだが。

七月十三日にマルセイユ入りしたと思しきロダンは、花子の公演を見るや、その終了後に楽屋を訪れ、舞台衣装を着けたままの彼女をすばやくデッサンし、そして名刺を渡して、パリに来たら是非訪ねて来てほしいと頼んだ。花子は、眼前の鬚《ひげ》を生やした人物がどれほど偉大な芸術家であるか知る由もなかった。ちなみに、このときロダンは六十五歳である。

再会が実現したのは、翌一九〇七年一月のことのようである。パリの近代劇場《テアトル・モデルヌ》で公演中の花子に、ロダンが迎えの馬車を差し向けたのだ。花子はロイ・フラーとともに、パリ郊外のムードンにあるロダンの自邸に行ったものと思われる。花子はフランス語を解さず、ロダンは英語を話さなかったから、会話はほとんど進まず、フラーのみが時々喋った。ところが、鷗外の短篇では、花子はパリ七区にあるHotel Biron《オテル ビロン》、ロダンがアトリエとして借りていて、一九一七年の死去後にロダン美術館となった邸宅に、日本人の医学士久保田某を通訳として連れて行ったことになっている。花子は、アメリカの大学を卒業した吉川馨と、ロイ・フラーの媒酌によってパリで結婚しており、ふだん彼が通訳として同行していたから、鷗外はこの吉川という実際の人物と、若き日の自分自身の姿をなにがしか暗示する医学士という身分とを重ね合わせる虚構を思いついたのかもしれない。
最大の虚構は、花子が「十七の娘盛《むすめざかり》」であるとされていることだろう。現実の花子は、明治元年、西暦一八六八年の生まれだから、このときすでに三十八歳である。

久保田は花子を紹介した。ロダンは花子の小さい、締まった体を、無恰好に結った高島田の巓《いただき》から、白足袋に千代田草履を穿《は》いた足の尖《さき》まで、一目に領略するような見方をして、小さい巌畳《がんじょう》な手を握った。

ロダンが「小さい花子《プチトアナコ》」と呼んだことは、高村光太郎の『オオギュスト・ロダン』(昭和二年/一九二七年)にも書かれているが、じつのところ花子の小ささはどれくらいだったのだろう。ドナルド・キーンの『日本の作家』に収められた「鷗外の『花子』をめぐって」(一九五九、六〇年)によれば、一九〇七年十月にニューヨークに渡って大成功を収めた花子についての新聞記事に、「体重七十ポンド(三十二キロ)、身長は四フィート(一・二二メートル)もない…」と書かれているらしい。澤田助太郎『ロダンと花子』(中日新聞社、一九九六年)によれば、体重は三十キロで新聞記事とほぼ同じだが、身長は一三六センチメートルと具体的である。おそらくこちらが正しいものと思われるが、それにしてもいかにも「小さい」ことには変わりがない。鷗外はこう続けている。

久保田の心は一種の羞恥を覚えることを禁じ得なかった。日本の女としてロダンに紹介するには、も少し立派な女が欲しかったと思ったのである。

そう思ったのも無理はない。花子は別品《べっぴん》ではないのである。日本の女優だと云って、ある時忽然《こつぜん》とヨオロッパの都会に現れた。そんな女優が日本にいたかどうだか、日本人には知ったものはない。久保田も勿論《もちろん》知らないのである。しかもそれが別品でない。お三どんのようだと云っては、可哀そうであろう。格別荒い為事をしたことはないと見えて、手足なんぞは荒れていない。しかし十七の娘盛《むすめざかり》なのに、小間使としても少し受け取りにくい姿である。一言で評すれば、子守《こもり》あがり位にしか、値踏が出来兼ねるのである。

だが、ロダンは、そんな花子を見て「満足の色」を浮かべる。

健康で余り安逸を貪《むさぼ》ったことの無い花子の、些《いささか》の脂肪をも貯えていない、薄い皮膚の底に、

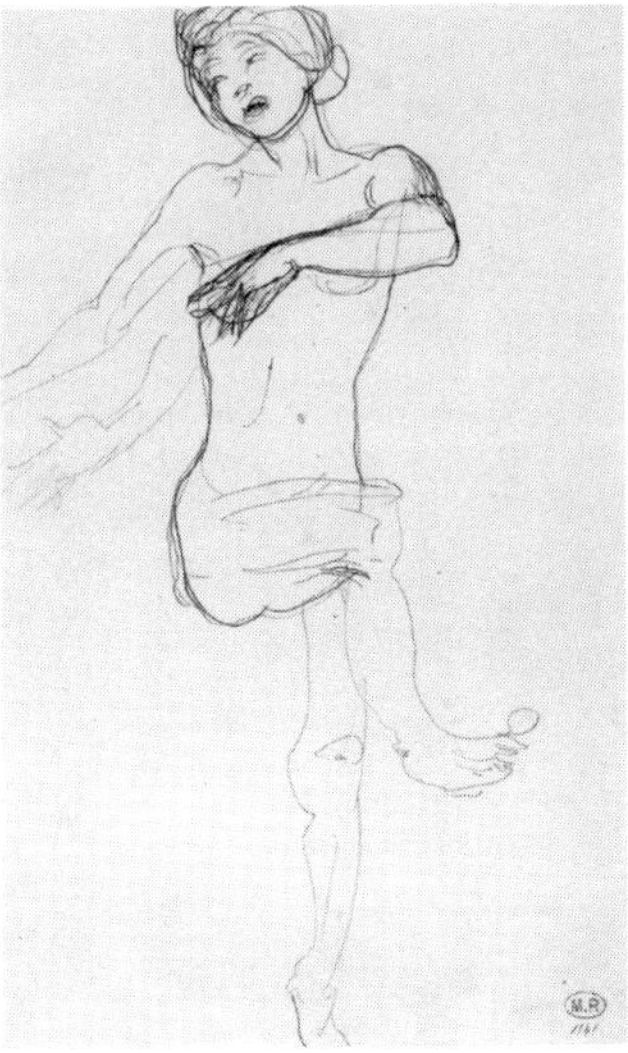

ロダン《踊り子（花子）》　1907年頃

適度の労働によって好く発育した、緊張力のある筋肉が、額と腮《あご》の詰まった、短い顔、あらわに見えている頸《くび》、手袋をしない手と腕に躍動しているのが、ロダンには気に入ったのである。

こうした解剖学的ともいえる記述の背景には、ドイツ留学を終えて帰国した明治二十年（一八八八年）の翌年から十年間にわたって東京美術学校で美術解剖学を講じ、そして同じく美術解剖学を長く講じていた久米桂一郎と共著のかたちで『藝用解剖学　骨論之部』（明治三十六年／一九〇三年）を刊行した鷗外ならではの知識があったといえるかもしれない。しかし、これはまたロダン自身の著作から鷗外が引いてきたとも見える記述である。ロダンがポール・グゼルに語ったこんな言葉が、高村光太郎訳『ロダンの言葉抄』（岩波文庫、一九六〇年）のなかに見出せる。

日本の女優のハナ子を試作した事があります。この女にはまるで脂肪がない。彼女の筋肉は、フォクステリアと呼ぶ小さい犬の筋肉のように、はっきりと見えて出ています。その腱の強い事といったらその附着している関節の大きさが四肢の関節と同じくらいなのです。

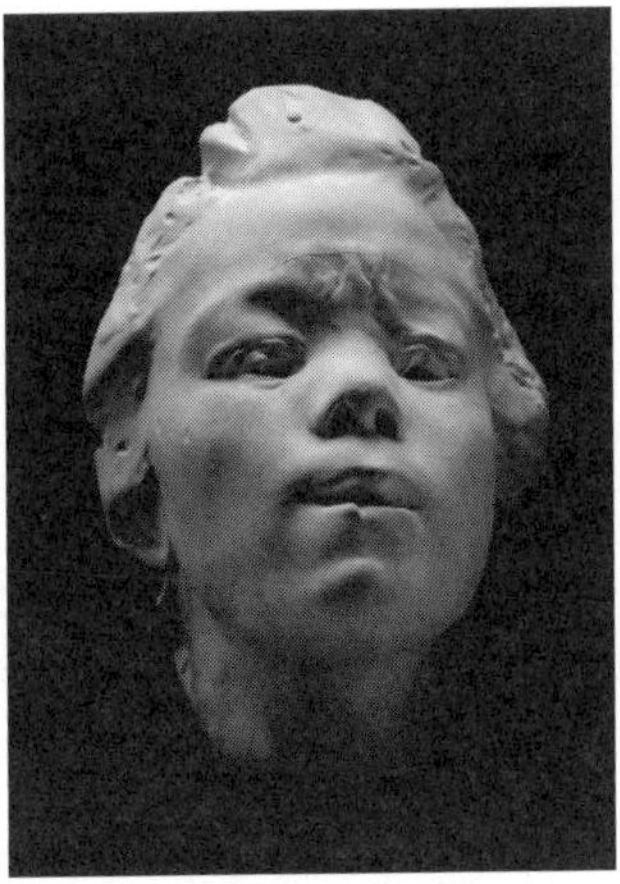

ロダン《花子の首》
石膏　1907年

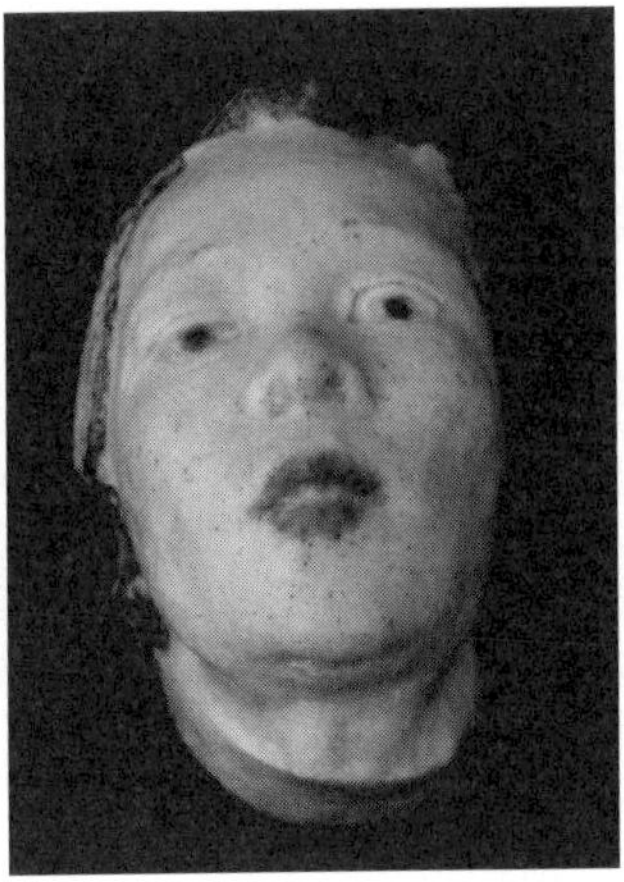

ロダン《花子の首》
パート・ド・ヴェール　1911年

彼女の強壮な事は、一方の脚を直角に前方へ上げて一本の脚だけで自分の好きなだけ長く立っていられるのです。まるで、木のように地面に根を張っているようです。ですから、彼女はヨーロッパ人の解剖組織とは、全然違うものを持っているのです。それでいてその奇妙な力の中に立派な美があります。

着物を脱いでモデルになってくれるかとのロダンの問いに、久保田は花子が「はにかむか、気取るか、苦情を言うか」と思いきや、花子は、「わたしなりますわ」と、「きさくに、さっぱりと答え」る。

しかし、実際は裸のモデルではなく、「死の首」のモデルになってほしいということだった。

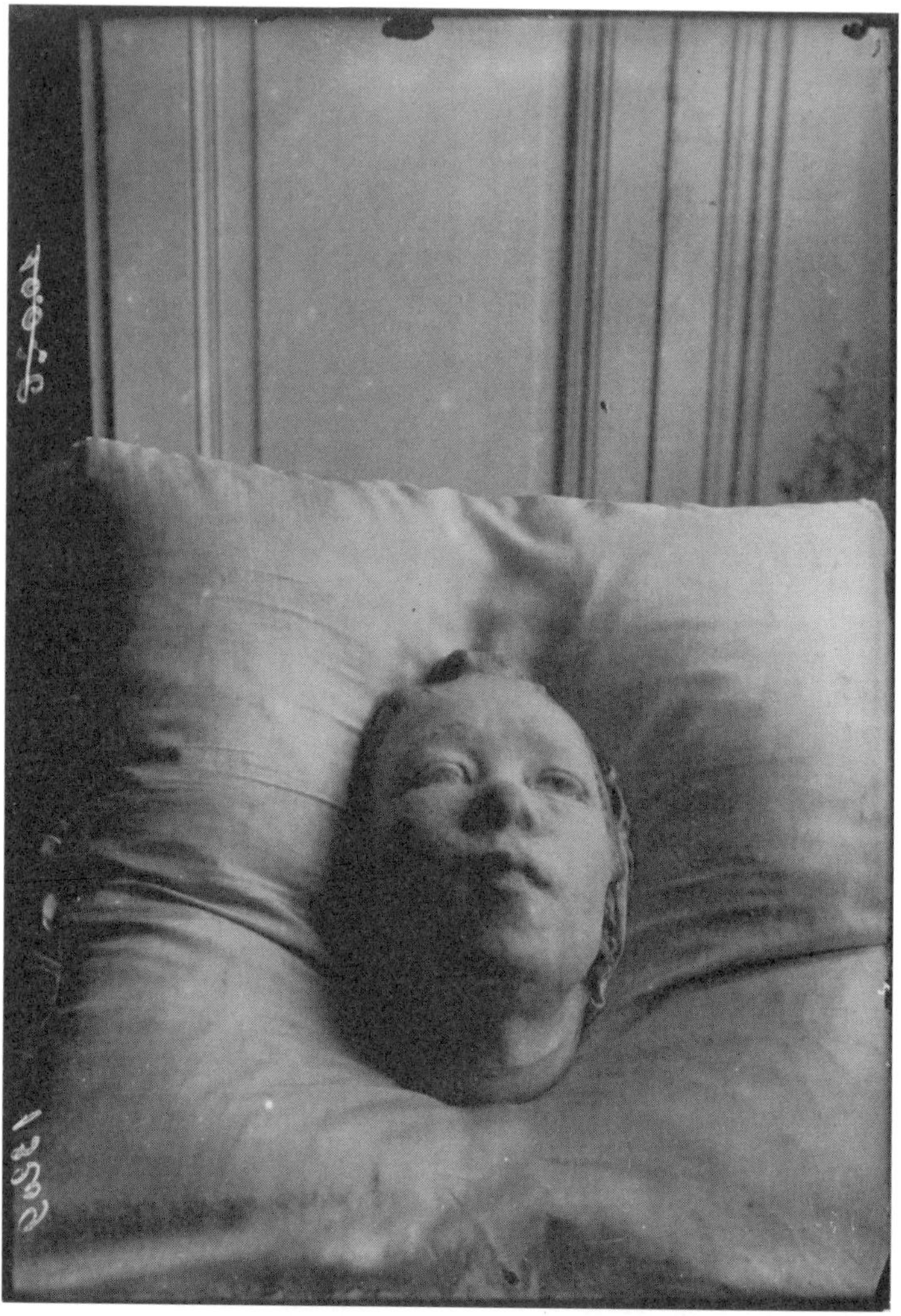

ロダン《花子の首》　パート・ド・ヴェール　1912年

マルセイユでの花子の演《だ》し物は、歌舞伎の「京人形（左甚五郎）」を元に改作した「ガラテア」、創作の「芸者の仇討ち」および「ハラキリ」の三本だったが、ロダンはとりわけ「芸者の仇討ち」のなかで、ヒロインのお袖がみずからの咽喉を突いて恋人の後を追う、その断末魔の形相に衝撃を受け、それをどうしても再現したいと思っていたらしいのである。眉間に皺を寄せて虚空を睨んだ表情を毎日毎日とり続けて、花子は眼がおかしくなってしまったという。ロダンは、石膏、テラコッタ、ブロンズなど、さまざまな材料を用いて「花子の頭部」を作り続けたが、しかしそうした「死の顔」「死の首」といった恐いタイプ以外に、ときとして「空想に耽る女」とも呼ばれる穏やかで優しいタイプの頭部をも作っている。乳白色の不透明なパート・ド・ヴェール（飾り焼結ガラス）によるものなど、その典型であろう。

花子は明治三十五年（一九〇二年）以降、結局都合十八か国を巡業した後、大正十年（一九二一年）に五十三歳で帰国し、岐阜に隠棲した。高村光太郎は昭和二年（一九二七年）に花子を訪ねて、ロダンのモデルとなった際の事情などを訊き出している。光太郎は東京美術学校時代に鷗外の講義を聴講し、ロダンの《考える人》の写真を見て留学を決意、明治三十九年（一九〇六年）にアメリカに渡り、さらにロンドンを経由して、パリに到着したのは明治四十一年（一九〇八年）の初夏であった。ロダンのアトリエを訪ねたけれども、不在で会えず、そのまま二度と訪れることもなく、翌年に帰国している。ロダンの芸術論を日本に導入紹介することにひとかたならぬ努力を傾け、すでに大正五年（一九一六年）には訳編『ロダンの言葉』を刊行していたが、ロダンその人と親しく交わった花子の口から直接にその間の事情を訊きたかったであろうことは察して余りある。いずれにせよ花子は、くだんの出会い以来、大正元年（一九一二年）まで五年間ほどモデルになり続けることになった。花子が裸体のモデルになることを「仕方なく」引き受けたのは、頭部制作からしばらく後のことである。

ちなみに、光太郎が花子を訪ねた頃に書かれたと思しき「後庭のロダン」という詩がある。大正十三年（一九二四年）頃からのいわゆる「猛獣篇」に含まれる一篇である。その一連を引こう。

ロダンはもう何も見ない、何も聞かない。
虚無の深さを誰が知らう。
不思議に生涯の起伏は影を消して、
黙りかへつた三千年の大道があるばかり。
まるでちがつた国のちがつたにほひ。

そのくせ何の矛盾も無い母の懐《ふところ》、
父の顔、やさしい姉のひそやかな接吻、
ロオズ　ブウレエ、クロオデル、クラデル、花子。
黒薔薇のやうな永遠の愛のほのめき。
脱落の境にうかぶ輪郭の明滅。
凹凸を絶した
造形。
無韻に徹した
空《くう》。

鷗外が、アトリエでの最初の出会いから花子が「さっぱりと」裸になることを引き受けるという話の展開にしたのは、「小さい」身体ながらヨーロッパ人の観客を惹きつけずにはいなかった彼女の凜とした気性、あるいはオーラのようなものを象徴的に表現したかったからではあるまいか。光太郎は花子に会ったときの印象をこう書いている。

「小さい花子《プチトアナコ》」で通っていた程あって、彼女は成程小柄な、きりりとした、眼の綺麗な、口のしまった、色の白い、人をそらさぬ「をばさん」であった。ぎんとひびく聲が流暢につづいて耳に快い。

鷗外は小説『花子』のなかで、もうひとつまことに印象的な虚構を導入している。それは、ロダンが裸の花子をデッサンする短い時間に、別室で待っている久保田が、たまたまBeaudelaire《ボオドレエル》の全集のうちの一巻を手にとり、なかに「おもちゃの形而上学」というエッセイを見つけて読むという件りである。ちなみに、ドナルド・キーンの先の文章には、オテル・ビロンにはロダンの蔵書は置いていなかったと証言する、元秘書ジュディット・クラデルの手紙が引かれている。虚構であるから、それはそれで構わないわけだが、むしろ小さな誤りというべきは、鷗外がBeaudelaireと綴っていることだろう。これはもとよりBaudelaireが正しい。「おもちゃの形而上学」と訳されたボードレールのエッセイの原題は、Morale du Joujouである。一八五三年に書かれた。福永武彦訳では端的に「玩具のモラル」だが、鷗外が「形而上学」という言葉にこだわった理由は、ボードレールの次の一節にあるようだ。

大部分の子供というものは、或る者は暫くいじくってから、或る者は即座に、特に玩具のいのちを見たがる。玩具の寿命を長引かせるか否かは、この欲望が早く襲うか遅く襲うかに懸っている。僕はこうした子供の奇癖を咎める勇気はない、何しろこれは最初の形而上学的傾向なのだから。（福永武彦訳）

鷗外の小説のなかでは、こんなふうに要約されている。

子供がおもちゃを持って遊んで、暫らくするときっとそれを壊して見ようとする。その物の背後《うしろ》に何物があるかと思う。おもちゃが動くおもちゃだと、それを動かす衝動の元を尋ねて見たくなるのである。子供は Physique より Metaphysique《メタフィジック》に之《ゆ》くのである。理学より形而上学に之《ゆ》くのである。

二十分ほどで二枚の esquisse《エスキス》（粗描）が出来上がる。鷗外は、デッサンという広義の言葉を避けて、より限定的な言葉を採用している。久保田がボードレールの「おもちゃの形而上学」を読んでいたと聞いたロダンは、「人の体も形が形として面白いのではありません。霊の鑑《かがみ》です。形の上に透き徹《とお》って見える内の焔《ほのお》が面白いのです」と語る。久保田がエスキスを見ると、ロダンは「粗《あら》いから分かりますまい」と言い、そして先に光太郎訳『ロダンの言葉抄』のなかにあったのとまぎれもなく同じ言葉を発する。フランス語からなのか、あるいはドイツ語訳のなんらかの資料に基づくのか、いずれにせよ、鷗外の表現はこうだ。

マドモアゼルは実に美しい体を持っています。脂肪は少しもない。筋肉は一つ一つ浮いている。Foxterriers《フォックステリエエ》の筋肉のようです。腱がしっかりしていて太いので、関節の大さが手足の大さと同じになっています。足一本でいつまでも立っていて、も一つの足を直角に伸ばしていられる位、丈夫なのです。丁度地に根を深く卸している木のようなのですね。肩と腰の闊《ひろ》い地中海の type《チイプ》とも違う。腰ばかり闊くて、肩の狭い北ヨオロッパのチイプとも違う。強さの美ですね。

ロダンは、花子をモデルにして、五十八点の頭部彫刻と三十点以上の粗描を残した。鷗外は、ロダンの作品の実物も、もとより花子その人も見ずに、外国語の資料を渉猟して、小説『花子』を仕上げたらしい。ロダンと花子の現実の出会いのわずか三年後である。ロダンが花子のエスキスを描いたように、鷗外はこの稀代の彫刻家の芸術について粗描してみせたのである。

花子は、一九四五年四月二日に死去、奇しくもロダンと同じ享年七十七であった。

なお、森鷗外の小説の引用は、ちくま文庫版『森鷗外全集2』による。

参考文献

『ロダンの言葉抄』(高村光太郎訳) 岩波文庫、一九六〇年。

『日本詩人全集9　高村光太郎』新潮社、一九六六年。

高村光太郎「オオギュスト・ロダン」『美について』角川文庫、一九六〇年、所収。

ドナルド・キーン『日本の作家』中公文庫、一九七七年。

平川祐弘『和魂洋才の系譜』河出書房新社、一九七六年。

澤田助太郎『ロダンと花子』中日出版社、一九九六年。

シャルル・ボードレール「玩具のモラル」(福永武彦訳)『ボードレール全集Ⅲ』人文書院、一九六三年、所収。

『森鷗外と美術』森鷗外と美術展実行委員会、二〇〇六年。

『ロダンと日本 Rodin et le Japon』現代彫刻センター、二〇〇一年。

Rodin Le rêve japonais, Éditions du musée Rodin, Flammarion, Paris, 2007.

Ⅱ

日本近代文学とデカダンス

日本近代文学において「デカダンス」とはなにか。それは、どのような視点から、どのように語られうるものだろうか。この問題を採り上げるにあたって、「大正デカダンス」という表現を手がかりに考察を進めることにしよう。

「大正」という言葉には、歴史的に「デモクラシー」という言葉が常套的に結びつけられて「大正デモクラシー」という表現が一般に流布しているが、他方で「大正ロマン」や「大正デカダンス」といった表現もしばしば目にするようになった。しかし、「大正ロマン」も「大正デカダンス」も、表現それ自体としてはかなり新しいものであることに留意しておかなければならない。「大正ロマン」という表現が公に使われたのは、一九七八年（昭和五十三年）十月にサントリー美術館で開かれた「大正ロマン展」がおそらく最初であろうと思われる。「大正デカダンス」という表現も、一九八〇年代に『芸術新潮』（一九八四年二月号）や『幻想文学』（二二号、一九八八年四月）といった雑誌が「大正デカダンス」という特集を組んで以来、一般化したと見ていいのではあるまいか。ちなみに、前者は、甲斐庄楠音、秦テルヲ、池田遥邨、堂本印象、土田麦僊、岡本神草などの画家を、後者は、真山青果、村山槐多、谷崎潤一郎、郡虎彦、山崎俊夫、北原白秋、木下杢太郎、佐藤春夫、芥川龍之介、萩原朔太郎、室生犀星、小川未明、大泉黒石などの作家を採り上げているが、「デカダンス」概念そのものについての理論的アプローチは見当たらない。

いずれにせよ、いま問題は、「大正デカダンス」という表現に見合うその内実はどんなものだろうかということである。まず、そもそも、「デカダンス」とはなにか。それについては、ちなみに『岩波 哲学・思想事典』（一九九八年）に私自身が執筆した「デカダンス」という項目があるので、それを挙げておこう。

衰微、凋落、退廃を意味する中世ラテン語 decadentia に由来。ヴェルレーヌの十四行詩「ものうさ」（一八八四年）に、「われはデカダンス末期の帝国なり」と謳われているように、歴史的にはなによりも「帝国」すなわちローマ帝国の没落との関係で用いられた言葉である。それが一般に文明・文化の没落、ひいては文学・芸術の様式的、形式的衰退ないし退化を、あるいは崩壊へと向かいつつある人間存在の状態ないし気分を漠然と指すに至る。

フランスの批評家D・ニザールは、細部を過剰に強調するあまり作品が部分と全体との正常な関係を保てずに断片の集積と化す、そのようなスタイル（文体）としてのデカダンスを否定的に論じたが、T・ゴーティエやP・ブールジェは、ともにボードレールに関してこれを積極的に評価した。しかしデカダンスという概念は、詩的文体の問題よりも特に人間のあり方、精神的態度、美的嗜好に対して適用され、ボードレールは、やはりその意味でデカダンスの先縦をなすと言っていい。その反自然主義、ポオから受け継いだ奇異なもの・怪奇なものへの嗜好、ショーペンハウアー的なペシミズムと反女性主義、肥大した批判的知性、病的なまでの感受性、神経症的なダンディズム、そして耽美的なカトリシズム、悪魔主義は、すべてデカダンスの構成要素である。

「デカダンスの聖務日課書」（アーサー・シモンズ）と呼ばれることになるユイスマンスの『さかしま』（一八八四年）の主人公デ・ゼッサント公爵は、これをいっそう加速させる。そこには、人類に対する侮蔑、自分自身の絶対化、人工的なものの追求、色彩や匂い（香水）や味（酒）といった感覚的なもの、質料的なもの、形ならざるものへの耽溺などボードレール的な要素と並んで、異教的古代やキリスト教的中世といった過去の偏愛、宝石や花、あるいは書物や絵画の蒐集、これ見よがしの枚挙、比較という点でフローベール的とも呼びうる要素が認められる。ユイスマンスは、しかもゴンクール兄弟や、ヴェルレーヌ、マラルメ、モローなど象徴主義の芸術家たちを時代に先駆けて評価、デカダンスと象徴主義との親近性を強く印象づけた。

A・バジュは『ル・デカダン』誌（一八八六―八九年）を発刊、デカダンという形容詞をデカダン派という意味での名詞として流布させるのに与って力があったが、スキャンダルを起こすことを旨とする「デカディスム」を提唱するなど、いささかデカダンスの本流からは脱線する。芸術的な意味でのデカダンスは、フランスの多くの芸術家を中心として、イギリスのペイター、ワイルド、イタリアのダヌンツィオなどを含めた、世紀末ヨーロッパの精神的公分母と捉えるべきであろう。なお、ニーチェは、特にヴァグナーに関して、デカダンスという言葉を徹底的に否定的な意味で用いた。

いささか引用が長くなったが、デカダンスについてあらかじめ一定の基準を与えることにはなるはずである。ただ、若干敷衍するなら、西洋のデカダンスには、卑俗な世間に自覚的に距離を置こうとする、ニーチェ的にいえば「距離のパトス」が不可欠の要素としてあるとだけはいっておかなければならない。だからそれは、唐木順三『詩とデカダンス』(一九五二年)も強調するように、ダンディズムと不即不離の関係にあるともいえるだろう。精神貴族とか「高等遊民」(夏目漱石)といった概念とも無縁ではないわけである。また、私が「デカダンスの先蹤をなす」と位置づけたボードレールその人が、「エドガー・ポオに関する新たな覚書」(一八五七年)の冒頭で、「デカダンスの文学」という表現に対して「空っぽの言葉だ」と不快感を表明していることに注意しておこう。「私は早熟なダンディだった(「火箭」)」と記すなどダンディたることを気取ったボードレールも、自分の文学活動が「デカダンス」という言葉で等し並に括られることには我慢がならなかったらしいのである。

いずれにせよ、さまざまな要素からなるデカダンス概念だが、ここでは特に「崩壊へと向かいつつある人間存在の状態ないし気分」ということに焦点を合わせて、これを「大正」との関係において考えてみたい。便宜的に以下の三つの概念軸を設定してみる。

正常―変態
健康―病い

「変態」と「病い」と「犯罪」、これら三つの言葉でほぼ「大正デカダンス」を語ることができるのではあるまいか。あくまでも作業仮説ではあるが、まずは「変態」という言葉の説明が必要であろう。「変態」の対語は「常態」ということになろうが、ここでは「正常」という言葉をあえて対語にしておく。

たとえば、いま手元に昭和五年（一九三〇年）二月五日発行の『世界の刑罰・性犯・変態の研究』（復刻版　若宮出版社、一九七七年）という本がある。「刑罰篇」「性的犯罪並変態性慾篇」「文身篇」「責め研究篇」の四篇からなる百科全書的「絵画・写真集」である。ちなみに、最後の「責め研究篇」には、伊東晴雨の責め写真と彼のエッセイ「責めの研究」が収められている。それはそれで興味深い考察の対象になるだろうが、ここではなによりも昭和五年の段階で「変態」という言葉がすでに日本の書物の題名として用いられるほどに一般化していたらしいことに注意したい。問題は、この「変態」という言葉の出自である。

明治初期にすでに「変態百人一首」と題するシリーズ本などが刊行されていたことを、菅野聡美『〈変態〉の時代』（講談社現代新書、二〇〇五年）が教えてくれる。ここで「変態」は、あくまでも正統ではないものの意味で、こういう使い方は一般的になされていたらしい。明治中期あたりから生物学的な意味での「変態」が、つまり幼虫から成虫へのメタモルフォーゼの訳語として用いられるようになった。

ちなみに、井上円了が「妖怪学」の研究に着手し、それを講義し始めたのは明治十七年(一八八四年)、その最初の成果が『妖怪学講義』として明治二十六年(一八九三年)に刊行された(井上圓了『妖怪學』東京井上圓了妖怪學刊行會、昭和六年、所収)が、その「総論」「第一講 定義篇」に「異常変態」、「醫學部門」「第一講 人體篇」に「変態異常」あるいは「畸形変態」の言葉が見える。井上円了は、「変態」をもっぱら人間の身体に関わる「異常」ないし「畸形」の意味で用いているわけで、やはりここで「変態」の概念は生物学的な意味で用いられているとみなしてさしつかえないだろう。

「変態」が、「性欲」や「心理」という語と結びついて社会に浸透するようになるのは、明治三十年代以降と見て間違いあるまい。超能力の実験で有名なあの福来友吉は、すでに明治三十九年(一九〇六年)に東京帝国大学で「変態心理学」の講義を持っているが、これはいまで言う「異常心理学」とほぼ同義である。

「変態」という言葉をわが国で小説中において初めて用いたのは、おそらく森鷗外ではあるまいか。明治四十二年（一九〇九年）に発表された『ヰタ・セクスアリス』のなかに「性慾の変態」という表現が出てくる。同時に、Sadist, Masochist という言葉も出てくるのである。鷗外は Cesare Lombroso の名前を持ち出しているが、鷗外の情報源がこのイタリアの精神病理学者だけであったとはもとより考えにくい。ロンブロオゾオ『天才論』が辻潤訳で改造社から刊行されたのは、昭和五年（一九三〇年）十月八日である。

サディズム、マゾヒズム、サディスト、マゾヒストの概念を創始したのは、ドイツのクラフト＝エビングだが、小田晋『日本の狂気誌』（講談社学術文庫、一九九八年）によれば、この精神病理学者の体系の導入にあたっては、明治三十四年（一九〇一年）にドイツ留学から帰国して東大医学部精神病理学講座担当教授、東京府巣鴨病院医長、警察監獄学校講師に就任した呉秀三の力によるところが大きいという。クラフト＝エビングの *Psychopathia Sexualis*（「性的精神病質」一八八六年）が、『変態性慾心理』（黒澤良臣訳、大日本文明協会）というタイトルで刊行されたのは大正二年（一九一三年）だが、その「序文」で呉秀三は、「変態」を「其性に於て、其量に於て、将た其方法に於て平衡を失い常軌を逸する」「異常心理」と定義している。じつはそれ以前、明治二十七年（一八九四年）にクラフト＝エビングのくだんの書物が日本法医学会から『色情狂篇』として刊行されたという事実があるのだが、これはたちまち発禁処分を受けている。書物の内容は一般の目に触れることがなかったとしても、「色情狂」という言葉だけはしっかり受け継がれたといわなければならないだろう。中村古峡は大正六年（一九一七年）に精神医学会を設立し、雑誌『変態心理』を創刊したが、これは百三号まで続いて大正十五年（一九二六年）に終刊した。大正七年にはイサドール・コーリアット『変態心理学』（佐藤亀太郎訳、大日本文明協会）が出ている。クラフト＝エビングの『変態性慾心理』は、昭和二十六年（一九五一年）にあらためて松戸淳訳で紫書房から刊行された。

大正十五年から会員制の『変態・資料』誌を刊行した梅原北明の名前も忘れてはなるまい。これは昭和三年（一九二八年）まで二十一号刊行されたが、ほとんどその都度発禁処分になった。梅原はまた同時に「変態十二史シリーズ」を刊行し、みずからは第八巻『変態仇討史』（昭和二年）を執筆したが、「変態」とは名ばかり、これはほとんどまっとうな歴史的読み物である。

いずれにせよ、ドイツ語文献に明るい鷗外によって初めて日本近代文学のなかに持ちきたらされたと思われる「変態」という言葉は、生物学的な意味はもとより、たんに「正常」に対する「異常」という広義の意味から、心理的・性欲的に逸脱していること、つまりは正常な性的規範から逸脱していることという狭義の意味で用いられているといっていいだろう。

では性的「正常」とはなにか、そもそもそんなものが存在するのかといった原理的な問いが生じるのは避けられないが、一定の回答の難しいそうした問題にここで深入りすることは控えよう。ここでは芥川龍之介が、大正十三年（一九二四年）の『文章』という短篇のなかで、こんな一節を挿入していることを確認しておきたい。

「それから一つ伺ひたい言葉があるのですが、――いや、海上用語じやありません。小説のなかにあつた言葉なんです。」

中尉の出した紙切れには何か横文字の言葉が一つ、青鉛筆の痕を残してゐる。Masochism――保吉は思はず紙切れから、いつも頬に赤みのさした中尉の童顔へ目をうつした。

「これですか？　このマゾヒズムといふ……」

「ええ、どうも普通の英和辞書には出て居らんやうに思ひますが。」

保吉は浮かない顔をしたまま、マゾヒズムの意味を説明した。

「いやあ、さう云ふことですか！」

田中中尉は不相変《あいかはらず》晴ればれした微笑を浮かべてゐる。かう云ふ自足した微笑くらい、苛立たしい気もちを煽るものはない。殊に現在の保吉は実際この幸福な中尉の顔へクラフト・エビングの全語彙を叩きつけてやりたい誘惑さへ感じた。

「変態」との関連では、しかし誰よりも谷崎潤一郎の名前を逸することはできない。谷崎が、処女作『刺青』（明治四十三年）に始まり、『秘密』（明治四十四年）、『柳湯の事件』『魔術師』（ともに大正六年）、『白昼鬼語』『人面疽』（ともに大正七年）、『美食倶楽部』（大正八年）、『青塚氏の話』（大正十五年）といったまぎれもない「変態」的小説に打ちこみ、そして冒頭からクラフト＝エビングの名前が挙げられている、『日本に於けるクリップン事件』（昭和二年）という直接にサド・マゾヒズムを主題化した短篇小説を書いていることにも留意しておかなければならない。

わけても谷崎に特徴的な小説『柳湯の事件』に触れておこう。貧乏絵描きの青年の妄想を扱った小説だが、この男は弁護士に自分の「異常な性癖の一端」を告白する。「どう云ふ訳か僕は生来ぬら〳〵した物質に触れることが大好きなのです」という彼は、蒟蒻《こんにゃく》、心太《ところてん》、水飴、チューブ入りの練歯磨《ねりはみがき》、蛇、水銀、蛞蝓《なめくじ》、とろゝ、肥えた女の肉体等々を「快感を挑発せずには措かない」例として挙げ、さらに「僕が絵が好きになつたのも、恐らくはさう云ふ物質に対する愛着の念が、次第に昂じてきた結果だらうと思ひます」と続ける。「溝泥のやうにどろ〳〵した物体や、飴のやうにぬら〳〵した物体」を描くことだけに秀でた彼は、友達から「ヌラヌラ派」という名称を頂戴しているほどなのだが、その彼が湯船の底に「生海苔のやうにこつてりとした、鰻のやうによろ〳〵した、一層濃いヌラヌラの物体をぬるりと踏んづけ」る。それを彼は自分が同棲している女の死体だと思いこむ、そういう話である。

谷崎はここで、距離の介在しない、形に関わらない、質料性のみに関わる皮膚感覚というものを主題化している。ここには「美」への憧憬も拝跪もない。ただ「ヌラヌラ」した質料性への耽溺だけがある。文字通りのデカダンスというべきであろう。谷崎はこうした感覚のデカダンスを主題化することに必ずしも執着しなかったが、一度だけそれを『美食倶楽部』において味覚の問題として徹底的に扱っている。原理的に距離と形に無縁な質料性の感覚たる味覚が、最終的に「高麗女肉」に逢着する物語である。「高麗女肉といへば、支那料理風の解釈に従ふと、女肉の天ぷらでなければならない」というわけだが、それが具体的にどんなものであるかは、原作にあたっていただくほかはない。

さて、正常―変態の概念軸は、そのまま範列的に、健康―病い、法的規範―犯罪の概念軸に重なる。三つの概念軸は同じことの三様の表現であるといっても差し支えあるまい。性的、倫理的な意味での「変態」は、生理的、身体的、あるいは精神的な意味での「病い」と、法的、社会的な意味での「犯罪」と、しばしば区別されえない。

大正九年(一九二〇年)正月に森下雨村を編集長として雑誌『新青年』が創刊される。「探偵小説」という表現をわが国に定着させることになったが、西欧の小説の翻訳紹介という役割を果たしながら、同時に日本の若い作家たちの意欲作、異色作に発表の場を提供した。もっとも、江戸川乱歩がそのエッセイ「一般文壇と探偵小説」(『幻影城』昭和二十六年所収)で述べているように、すでに森鷗外は明治四十三年にポオの「メールストローム」を「うづしお」と題して雑誌『文芸俱楽部』に、また大正二年に同じく「モルグ街の殺人事件」を「病院横町の殺人」と題して雑誌『新小説』に訳載していた。大正九年には谷崎精二訳でポオの短編集『赤き死の仮面』が刊行されている。少なくともポオの翻訳を通してある程度「探偵小説」の素地はできていたわけである。

夏目漱石の『吾輩は猫である』(明治三十九年/一九〇六年)のなかに、「探偵」という言葉に関して「主人」のこんな否定的な「大議論」があることを付け加えておこう。

「不用意の際に人の懐中を抜くのがスリで、不用意の際に人の胸中を釣るのが探偵だ。知らぬ間《ま》に雨戸をはずして人の所有品を偸《ぬす》むのが泥棒で、知らぬ間に口を滑《すべ》らして人の心を読むのが探偵だ。ダンビラを畳の上へ刺して無理に人の金銭を着服するのが強盗で、おどし文句をいやに並べて人の意志を強《し》ふるのが探偵だ。だから探偵と云ふ奴はスリ、泥棒、強盗の一族でたうてい人の風上《かざかみ》に置けるものではない。そんな奴の云ふ事を聞くと癖になる。決して負けるな」

漱石の「探偵」嫌悪にもかかわらず、しかしなんらネガティヴなニュアンスなしに「探偵」あるいは「探偵小説」という言葉は、すっかり定着するにいたる。『新青年』(大正十三年／一九二四年夏増刊号)に、佐藤春夫は「探偵小説論」を発表し、新しく「猟奇耽異」あるいは「猟奇趣味」という日本語を創り出した。「猟奇」とは「キュリオシティ・ハンティングcuriosity hunting」の訳語である。いずれにせよ、そうした「探偵小説」においては、多く「変態」あるいは「病い」が「犯罪」と密接なつながりのもとに語られている。というより、「探偵小説」における「犯罪」とは、とりもなおさず多少とも「変態」であり「病い」なのである。平林初之輔や甲賀三郎は、論理的な推理を旨とする探偵小説を「本格」と呼び、

「不健全派」の探偵小説を「変格」と呼んで区別したが、江戸川乱歩がこの「変格」という呼称をひどく嫌っていたにしても、谷口基『変格探偵小説入門』（岩波書店、二〇一三年）もいうように、「変格」の「変」は確かに「変態」の「変」でもあったわけである。

江戸川乱歩の『屋根裏の散歩者』『人間椅子』（ともに大正十四年）、夢野久作『あやかしの鼓』（大正十五年）、瀬下耽『柘榴病』（昭和二年）、小酒井不木『死体蠟燭』（昭和二年）、妹尾アキ夫『戀人を食ふ』（昭和三年）、大下宇陀見『蛞蝓奇譚』（昭和四年）、あるいは乱歩『陰獣』（昭和三年）等々、そうした小説群を次々に思い浮かべることができようが、いずれにせよそこでは様々に「崩壊へと向かいつつある人間存在の状態ないし気分」が問題となっているのである。

ところで、健康─病いの軸における、この「病い」とはどんなものだろうか。

たとえば田中恭吉が大正四年（一九一五年）に、関根正二が大正七年に、村山槐多が大正八年に、あるいは梶井基次郎が昭和七年（一九三二年）に、大手拓次が昭和九年に皆結核で斃れたことなどを考えれば、この時代の芸術家たちを現実的に襲った病いは、なによりも結核であったといいたくもなろうというものである。時代の「病い」といえば、結核、あるいは肺病つまり肺結核を措いて他にはない、と。ちなみに、『悪魔の舌』という異様な小説を書き、わずか二十二歳で夭折した村山槐多は、その死の直前、誰に宛てたものでもないこんな詩のような遺書、あるいは遺書のような詩を書いている。

自分は、自分の心と、肉体との傾向が著しく
デカダンスの色を帯びて居る事を十五、
六歳から感付いて居ました。
私は落ちゆく事がその命でありました。
是は恐ろしい血統の宿命です。
肺病は最後の段階です。
…………

結核という宿命の「病い」、それはそれで確かに間違いのない事実ではあろうが、しかし小説や詩やエッセイといった言語的秩序のなかでは、表象のレベルでは、といってもいいが、結核とは違った「病い」が多く問題になっているように思う。それは「神経衰弱」である。

川本三郎の『大正幻影』（新潮社、一九九〇年）のなかに、「神経衰弱と死」という章がある。川本は、佐藤春夫の『田園の憂鬱』（大正七年／一九一八年）のなかにたった一回登場する「ヒポコンデリヤ」という言葉に注目するところから、この章を始めている。庭で手入れした薔薇が季節はずれの花をつけたのを見つけた主人公が、感動して涙を流す。そして次の瞬間、大仰に涙した自分に対して、「これあ、俺はひどいヒポコンデリヤだわい」と自嘲気味に呟くのである。川本はこう書いている。「口調はユーモラスであるが、この後の田園生活で「彼」が「幻聴」に悩まされるようになることを考えれば、「彼」は「ヒポコンデリヤ」の病人であることがわかる。「彼」が田園に移り住んだのは「ヒポコンデリヤ」の治療のためであったことがうかがえる。「彼」は「憂鬱」にとりつかれてしまった心の病人なのである」。

川本は、佐藤春夫のいう「憂鬱」が「ヒポコンデリヤ」の翻訳であると示唆しているかのようだ。これは貴重な示唆ではあるが、しかし必ずしもそうとばかりはいいきれない。「彼」の手入れする薔薇の木が、ある日「畸形の花」を一つ咲かせてから、「日ましによい花を咲かせて、咲き誇らせて居た」のに、長い雨のために「花片はことごとく紙片のやうによれよれになつて」、ついには「実に実に細微な蟲」に蝕まれているのを発見して、「彼」は「おお、薔薇《さうび》、汝病めり！」と叫ぶ。佐藤春夫は、これが「誰かの詩の句」であるといいながら、故意にその「誰か」の名を伏せているが、これがウィリアム・ブレイクの『無垢と経験の歌』の一篇「病める薔薇」（一七九四年）の冒頭の一句《O Rose, thou art sick!》から来ていることは論を俟たない。『田園の憂鬱』の正式のタイトルが、『田園の憂鬱 或は病める薔薇』であることを考えれば、これがこの一句の小説化の試みにほかならないことは明らかだろう。「憂鬱」はたんにこの「病める」ことを受けとめる漠然とした日本語として用いられたととれなくもないわけである。

川本三郎は、さらに谷崎潤一郎の『異端者の悲しみ』（大正六年／一九一七年）のなかに出てくる「デリリウム」という言葉にも注目している。「激しい神経衰弱に犯されてゐる」のではないかという不安にかられた主人公が、貧窮の身であるにもかかわらず、あらゆる手段を講じてある娼婦のもとに通うのだが、「激しい恐怖と激しい歓楽とが、交る交る彼を囚へて、前後不覚の Delirium の谷に堕した」というのである。譫妄状態とも訳されるこの「デリリウム」について、川本は「「ヒポコンデリヤ」の激しい状態といえばいいだろうか」と書いている。だが、これが「神経衰弱」という日本語に対応するといっているわけではない。

佐藤春夫の「ヒポコンデリヤ」、谷崎潤一郎の「デリリウム」。確かに川本のいうように、この二人が大正のほぼ同じ時期に自分の作品のなかに耳慣れぬ精神医学的用語を持ちこんでいることは興味深い事実である。だが結局のところ、この時代の「心の病い」は、西洋精神医学への関心の増大という風潮のなかで、もとになる専門的語彙も曖昧なままに、総じて「神経衰弱」という日本語で受け止められたのであろうと思われる。

ちなみに、「神経」という日本語は、オランダ語の『ターヘル・アナトミア』を翻訳した杉田玄白の『解体新書』（安永三年、一七七四年）に初出する。三遊亭円朝は、明治二年（一八六九年）に素噺《すばなし》で『真景累ヶ淵』を創作発表し、その十数年後にそれが口述筆記されているが、その「真景」とはじつのところ「神経」の謂にほかならない。円朝は「怪談」という言葉を避けたのである。円朝は、こう語っている。「今日より怪談のお話を申上げまするが、怪談ばなしと申すは近来大きに廃《すた》りまして、あまり寄席《せき》で致す者もございません、と申すのは、幽霊というものは無い、まったく神経病だということになりましたから、怪談は開化先生方はお嫌いなさる事でございます。……只今では大抵の事は神経病といってしまって少しも怪しい事はございません。……おっしゃる通り、幽霊は神経病でしょう。でもありますが確かにある。ある種の人々は自分の幽霊を背負っている。その幽霊は人間の心の奥底の暗い淵から出てくるのです」。

大正二年（一九一三年）に翻訳刊行されたディ・クィロース『近代犯罪学説』（野明儀右衛門

訳、大日本文明協会）に、「神経衰弱」という訳語が用いられているようだが、その原語を確かめることができない。英語でneurosisか、あるいはneurotic depressionか。一般にドイツ語で「ノイローゼNeurose」と呼ばれることになる症状を「神経衰弱」という言葉で受け止めていたのかもしれない。いずれにせよ円朝は、西洋精神医学がわが国に体系的に翻訳紹介される前に、すでに「神経病」という表現を用いていたわけである。その円朝自身が狂気に近いところにいたらしいことが、明治三十二年（一八九九年）には誰の目にも明らかとなり、翌三十三年八月、当時の診断では進行性麻痺兼続発性脳髄炎ということで、六十二歳の芸人は死去した。

漱石もまた、「神経」、「神経病」、そして「神経衰弱」という言葉を早くから多用した作家のひとりである。処女作『吾輩は猫である』のなかに、すでにこれらの言葉が頻出する。「主人」の言葉を挙げておこう。「死ぬことは苦しい、しかし死ぬ事が出来なければなお苦しい。神経衰弱の国民には生きていることが死よりもはなはだしき苦痛である。……」。『門』（明治四十三年／一九一〇年）においても、宗助は弟の小六に、「近頃神経衰弱でね」と述懐する。『行人』（大正元年―二年／一九一二―一三年）には、「歇斯的里的《ヒステリてき》」とか「歇斯的里風《ヒステリふう》」とか「歇私的里性《ヒステリせい》」といった驚くべき当て字の（それも一定しない）言葉が出てくる。すべて兄の一郎に対してのものだが、「神経衰弱」という言葉もやはり兄に対して五度ほど用いられている。漱石はまた大正三年に行なった「私の個人主義」という講演のなかで、こう語っている。「ところが〔英国から〕帰るや否や私は衣食のために奔走する義務がさっそく起こりました。私は高等学校へも出ました。大学へも出ました。後では金が足りないので、私立学校も一軒稼ぎました。その上私は神経衰弱に罹《かか》りました。……」

広津和郎が、その題名も『神経病時代』のなかで「神経衰弱」という表現を用いたのは大正六年だが、谷崎潤一郎は、その前年、大正五年の『病辱の幻想』において、すでに「神経衰弱」の語を用いている。先に挙げた『柳湯の事件』は、「十七八の時から可なり激しい神経衰弱に罹り通して来た」青年画家の物語である。ここでは幸田露伴の『観画談』(大正十四年)のなかの次の一節を引いておこう。

その頃は世間に神経衰弱といふ病名が甫めて知られ出した時分であつたのだが、真にいはゆる神経衰弱であつたか、あるいは真に慢性胃病であつたか、とにかく医博士達の診断も朦朧で、人によつて異なる不明の病に襲はれてだんだん衰弱した。

芥川龍之介は、大正九年の『妙な話』において、神経衰弱にかかった女性主人公を登場させている。その芥川が睡眠薬自殺を遂げたのは、昭和二年（一九二七年）七月二十四日だが、昭和二年六月七日の日付をもつ『手紙』という短篇の書き出しはこうである。

僕は今この温泉宿に滞在してゐます。避暑する気持ちもないではありません。しかしまだそのほかにゆつくり読んだり書いたりしたい気もちもあることは確かです。ここは旅行案内の広告によれば、神経衰弱に善いとか云ふことです。そのせいか狂人も二人ばかりゐます。

昭和二年の「遺稿」と呼ばれるもののひとつ、『或阿保の一生』の「四十一　病」には、こうある。

彼は不眠症に襲はれ出した。のみならず体力も衰へはじめた。何人かの医者は彼の病にそれぞれ二三の診断を下した。――胃酸過多、胃アトニイ、乾性肋膜炎、神経衰弱、蔓性結膜炎、脳疲労、……

いずれにせよ、芥川龍之介の自殺の原因は、一般に「強度の神経衰弱」によるものとされているわけである。そしてそれは、真に大正の終焉を告知する事態ではあった。

最後に「変態」「病い」「犯罪」の「デカダンス」三要素をすべて視界に収めた象徴的人物として、萩原朔太郎を採り上げることにしよう。佐藤春夫が『田園の憂鬱』の第一稿を『病める薔薇』として草案した大正六年（一九一七年）に、萩原朔太郎は詩集『月に吠える』を刊行したが、そこではしばしば「病気」が謳われている。たとえば、「地面の底の病気の顔」の、こんな一節。

地面の底に顔があらはれ、
さみしい病人の顔があらはれ。

「猫」という詩の全体を見てみよう。

まつくろけの猫が二疋、
なやましいよるの家根のうへで、
ぴんとたてた尻尾のさきから、
糸のやうなみかづきがかすんでゐる。
『おわあ、こんばんは』
『おわあ、こんばんは』
『おぎやあ、おぎやあ、おぎやあ』
『おわああ、ここの家の主人は病気です』

萩原朔太郎は、大正十四年（一九二五年）八月に探偵趣味の会の機関誌として江戸川乱歩の編集で創刊された『探偵趣味』の第九輯（大正十五年六月号）に、「探偵小説に就いて」というエッセイを載せている。コナン・ドイル流の「探偵小説」はもうたくさんだという朔太郎は、ポオの短篇小説はすべて好きだという。乱歩の作品でも『心理試験』や『二銭銅貨』などは、コナン・ドイル的に「型にはまつた探偵小説」だと批判しながら、一方で『人間椅子』は面白いという。ドストエフスキーの『罪と罰』を例に挙げて、それが「犯罪者の変態心理」を描いているところを高く評価し、「変態心理の描出」こそ、あるべき「探偵小説」の姿であると主張する。そして「探偵小説の広義な解釈における本質」として、「未知に対する冒険」を挙げるのである。

朔太郎のこうした主張は、「ポオ、ニーチエ、ドストイエフスキイ」という昭和五年（一九三〇年）のエッセイにおいて、より鮮明なかたちをとる。「西洋の文学者で、僕が真に畏敬してゐる者は三人しかゐない。ポオと、ニーチエと、ドストイエフスキイである。昔からさうであつたが、今日でも尚さうである」、と朔太郎はいう。「ポオと、ニーチエと、ドストイエフスキイと、この三人の文学者は、或る本質の点に於て、不思議にぴつたりとよく似てゐる。第一に先づ、ポオとドストイエフスキイとが酷似してゐる。ポオの特色たる病的心理や、怪奇思想や、犯罪への強い好みや、厭人病的なデカダンスや、暗い憂鬱の情操やは、そつくりそのままドストイエフスキイに現はれてゐる」と。さらにドストエフスキーとニーチェとの共通点として、「即ちその孤独を愛する厭世人的性向や、一種のデカダンス的気質の上、両者の共通性が根を持つのである」と続ける。そしてそのすぐあとに、「(註。ニーチエは彼自身のデカダンを克服すべく、デカダンに対して戦つた戦士なのだ。)」と付け加えている。

朔太郎がニーチェをどれほど読みこなしていたかは詳らかにしない。しかしこの付け加えられた「註」は、まことに的確であるというほかはない。ニーチェは、一八八八年に「自伝」として執筆した『この人を見よ』のなかで、「私が一個のデカダンであるということ、それはそれとしておいて、さて、私はまた同時にデカダンの反対でもあるのだ」（川原栄峰訳）と書いている。『ヴァーグナーの場合』（一八八八年のトリノ書簡）において、ニーチェはヴァーグナーを、「彼が触れる一切のものを病気にする」「一箇の典型的デカダン」と指弾し、「ヴァーグナーは一箇の神経衰弱患者である Wagner est une névrose」（原佑訳）、となぜかフランス語で語っている。ニーチェのデカダンスへのアンビヴァレントな関係とその克服への意志に関して、朔太郎の言葉は正鵠を射ているのである。

いずれにせよ、私が「デカダンス」の要素と呼ぶものが、朔太郎の二つのエッセイにおいてすべて語られているといわなければならない。「変態的心理」「病的心理」「怪奇思想」「犯罪」「憂鬱」「孤独」「厭人病的なデカダンス」、そして「デカダン的気質」。朔太郎は、まさにその「気質」において、「デカダンス」を生き、そして同時にそれを対象化したのである。彼の「探偵小説」論は、「変態心理の描出」を強調するかぎりにおいて、いわゆる「変格もの」「変格探偵小説」の勧めともとれるものだが、しかしポオの『渦巻』を例に「新しき文学」を待望するなど、すでに通常の「探偵小説」の枠を超えた地点に立っている。彼みずから「広義な解釈」という所以であろう。

「ポオ、ニーチヱ、ドストイエフスキイ」の最後を、彼はこういう言葉で結んでいる。「ポオは僕にVISIONをあたへ、ドストイエフスキイは人生の暗鬱な悩みを教へた。そして尚ニーチヱは、かうした憂鬱と苦悶の中から、人生を切り抜くことの勇気を教へ、僕を自暴自棄の絶望観から救済して、戦ひ生きることの意志をあたへた。ポオとドストイエフスキイは僕の「藝術」であり、ニーチヱは僕の生き得た「生活」だった」と。

このエッセイの五年後、昭和十年（一九三五年）に、萩原朔太郎はみずから「散文詩風な小説《ロマン》」と呼ぶ『猫町』という一篇をものしている。そこには、「私の現実に経験した次の事実も、所詮はモルヒネ中毒に中枢を冒された一詩人の、取りとめもないデカダンスの幻覚にしか過ぎないだらう」という言葉がある。江戸川乱歩は、そのエッセイ「猫町」（『幻影城』）において、朔太郎のこの作品がイギリスの作家アルジャーノン・ブラックウッドの中篇『古き魔術』を思わせると書いている。

ブラックウッドの『古き魔術』は、一九〇八年に刊行された彼の連作小説集のなかに収められた一篇だが、朔太郎がこの作品の存在を知っていたのか否かは確かめることができない。乱歩もその影響関係については触れていない。しかし、いずれにせよ『猫町』は、強い「デカダンス」志向のもと、しかもその「デカダンス」を対象化しようとして書かれた、これは朔太郎流の「新しき文学」の試みのひとつにほかならなかったのである。

「表現」をめぐる断章

芸術はみずからに言葉を引き寄せ、言葉に囲繞されながら、しかも言葉に反撥し、言葉を拒否し、それ自体言葉とは無縁に自立しようとする。芸術と言葉の関係ほど、密にして疎、アンビヴァレントにして逆説的なものはない。

私は、かつて『芸術をめぐる言葉』と題するエッセイにおいて、両者の関係を一五一のケースにわたって考察したことがあるが、つまるところその関係は「表現」の問題に収斂すると言っても過言ではないように思う。ましてや、それが言語芸術たる詩を問題にする場合には。

わが国最初の自覚的な芸術論と目される『古今和歌集』(九〇五年)の「仮名序」が、すでに「表現」概念のプロブレマティックな提示にほかならない。筆者は紀貫之。その冒頭に、

「やまと歌は、人の心を種として、よろづの言の葉とぞなれりける」とある。「やまと歌」は「から歌」に対する言葉で、中国に対する日本の独自性の主張を含意しているわけだが、その日本の歌は、「人の心」をちょうど植物の種子のようなものとみなすとすれば、それが育って多くの葉をつけるように「言葉」となって表れ出たものだ、というのである。「種」と「葉」という植物的イメージが、そのまま言語表現のプロセスの隠喩として用いられている。

そのかぎりで、これはアリストテレスの形相論と一見類似している。アリストテレスもまた、事物の形相《エイドス》を植物の種子のような内在的本質とみなし、その本質が発現する動的プロセスを「デュナミス」（潜勢態）と「エネルゲイア」（顕勢態）という二つの概念でとらえ、また形相《エイドス》の完全な発現を、満開の花にもたとえられる「エンテレケイア」という言葉で呼んだからである。しかしアリストテレスにおいて問題になっていたのは、あくまでも対象の側であって、対象を眺める主観の側ではない。「ミメーシス」（再現・模倣）とは、対象の形相《エイドス》を十全にとらえることである。「芸術は自然の摸倣《ミメーシス》である」とはアリストテレスの言葉としてすっかり人口に膾炙《かいしゃ》しているけれども、これは本来「テクネーは自然《ピュシス》のやり方に倣う」という意味であって、芸術摸倣論として限定されるべき言葉ではない。十七世紀イギリスのフランシス・ベーコンの「技術とは自然に付加された人間である」（Ars homo additus naturae）という言葉も、アリストテレス的な認識の延長線上にある。

いずれにせよ、貫之の場合、問題になっているのは「人の心」であって、対象ではない。「心に思ふことを、見るもの聞くものにつけて、言ひ出せるなり」と続くのも、そのためである。つまり、心のうちにあれこれと思うことを、目に見えるものや耳に聞こえるものに託して表現するというのである。対象は主観によって感覚的にとらえられるきっかけにすぎない。対象が客観的にどういう性質を持っているかということは、ほとんどまったく問題にならない。大事なのは「心」である。感情あるいは感動と言ってもいい。貫之は徹底的な主情主義の美学を説いているのだ。「花をめで、鳥をうらやみ、霞をあはれび、露をかなしぶ」というわけである。

「表現」という言葉そのものはまだ用いられていないけれども、これはたしかに歌人による自覚的な表現論であると言っていい。しかし注意しよう。これは西洋的な表現論とはいささか位相を異にするからだ。「私」という個別的存在があって、その内側から主観を表出するわけではない。「人の心」という微妙・曖昧な言葉に暗示されているように、この「人」は歌の詠み手であると同時に、いわば感性の共同体の謂でもあろう。こうして主客一体の、花鳥風月の美学とも呼ばれうる詩的言語の秩序が成立する。

その一千年後、大正元年（一九一二年）十月、上野の帝室博物館所属竹之台陳列館を会場に開かれた第六回文展（文部省美術展覧会）を見た夏目漱石は、『東京朝日新聞』に十二回にわたって「文展と芸術」という文章を発表した。「芸術は自己の表現に始つて、自己の表現に終るものである」は、その書き出しである。この言葉を漱石は、「芸術の最初最終の大目的は他人とは没交渉であるといふ意味である」と説明している。漱石の趣旨は、芸術家が他人の評価を気にして制作するようなことがあってはならないという心構えの強調にあった。「他人を目的にして書《か》いたり塗《ぬ》つたりするのではなくつて、書《か》いたり塗《ぬ》つたりしたいわが気分が、表現の行為で満足を得るのである」。だから、「芸術家たるべき資格は、自ら進んで徹底的に己れを表現しやうとする壮快な苦しみに存する」というわけだ。

漱石は、文展に落ちたために妻から離縁を求められた画家がいるとの嘘のような本当の話に触れ、文展の審査とか及落とかに神経をすり減らすことの愚に説き及んでいる。「ひたすら審査員の評価や俗衆の気受《きうけ》を目安に置きたがる影の薄い飢えた作品」が陳列されるのは御免こうむりたいというのである。

「塗《ぬ》つたり」する画家を励ます意味の発言なわけだが、「自己の表現」という言い方は、しかし言葉として考えるかぎり、かなり曖昧である。高村光太郎は、同じ大正元年の十一月に『読売新聞』に十二回にわたって連載した「西洋画所見」のなかで、漱石の「陳腐な言」を採り上げ、「此一句はかなり不明瞭だとも思へるし、又曖昧だとも思へる」と批判している。漱石の言葉の背景にある文脈を離れたうえでのことだがと断りながら、光太郎は、「芸術は自己の表現に始まるとは思はないで、芸術はただの表現に起ると思つてゐる」と書いている。実際、「自己」の強調ほど、芸術家の自己正当化の口実に使われてきたものはない。「自己」を、かけがえのない「私」を強調することで、往々にして作品の質が問われずにすまされるからである。光太郎が「ただの表現に起る」と言うのは、すでに個別的人称を超えたところに、はじめて真の「表現」が成立するとの考えからであったに違いない。

もっぱら制作者の側に立った漱石の言葉が、「自己」の強調においてきわめて西洋的にして主観的、それもロマン主義的であるのに対し、西洋の芸術思潮との格闘を通じてみずからの立場を確立しつつあった光太郎の言葉が、客観的、古典主義的に聞こえるのもおもしろい事実である。

さて、この論争の十数年後、昭和三年（一九二八年）に萩原朔太郎は『詩の原理』を出版した。稀代の詩人による渾身の詩学の試みである。紀貫之以来、わが国にこれほどに徹底的に考え抜かれた理論的詩学はなかったと言っても過言ではない。西洋哲学・美学の貪欲な摂取のうえに立って書かれたこの書物の「序」において、朔太郎は「自分はこの書物に於て、詩に関する根本の問題を解明した」と誇らしげに宣言している。

音楽を「火の美」、美術を「水の美」と呼んで、両者を芸術の二大範疇とみなすなど、ここには詩人ならではの「直感」（彼は「直観」ではなく「直感」という語を採る）にもとづく捨てがたい芸術論が見出せるが、いま視点を「表現」の問題に絞ろう。「内容論」第六章「表現と観照」において、朔太郎はこう書いている。

「芸術は——どんな芸術でも——表現に於てのみ存在し、そして表現は観照なしに有り得ないから、明白に知れてゐる事は、感情のどんな熱度も、決して表現を生み出さないといふことである。芸術に於て、感情はその動機——芸術を生まうとする熱意にすぎない。表現するものは感情でなく、この感情を鏡に照し、文学や音楽やに映すところの、知性に於ける認識上の才能である」。

朔太郎は「観照」という言葉を使う。「鑑賞」でも「観賞」でもない。英語では

《comtemplation》に当たる言葉だが、心に静かに映すことというのが原意であり、それゆえ「静観」とも訳される。

ここで朔太郎が「鏡に照し、文学や音楽やに映す」という言い方をしているのは、「観照」の原意を踏まえてのことであるに違いない。「明鏡止水」という成句を思い浮かべることもできよう。いずれにせよ、表現は観照なしにありえないという朔太郎の主張は、わが国において漱石・光太郎の論争のレベルを超えた、画期的なものである。もちろん、朔太郎自身が「伊太利《イタリー》の美学者クローチェ」の名を引いているところから、『表現の学および一般言語学としての美学』（一九〇二年）を書いたベネデット・クローチェの直観＝表現説を咀嚼したうえでの主張にほかならないだろうが、その明晰な理論展開は稀有のものである。主観的表現の主張に走りがちな制作者たる詩人の議論としては、なおさらである。朔太郎は、さらにこう続けている。

「〈表現する〉ことは、それ自ら〈観照する〉ことに外ならない。故にもし感情のみが高調して、之れを観照する智慧が無かつたならば、吾人は野蛮人や野獣のやうに、ただ狂号して吠え、無意味な絶叫をするのみだらう」。

ここで萩原恭次郎に言及するのは妥当だろうか。朔太郎より十三歳ほど年下で、同じ前橋中学校の後輩に当たる詩人である。朔太郎とも交友があったようだが、朔太郎の『詩の原理』の三年前、大正十四年（一九二五年）に詩集『死刑宣告』を公刊した。その序文に彼はこう書いている。「然し、ほんとうの詩は、詩人は、「詩は斯うだ！」「詩は斯うしろ！」と云ふ旗印の下に戦ふことに成立するものでなく、むしろ全く、全然かゝる誤謬の旗下に戦はない事にのみ成立する」と。これはまるで朔太郎の詩学の試みをあらかじめ否定せんばかりの言辞ではあるまいか。恭次郎は朔太郎の理論化の作業をなんらか知ったうえで、これを書いたのだろうか。あるいはまた、朔太郎は恭次郎のこうした姿勢を承知したうえで、その言葉に「観照する智慧」のない詩人の批判を含意させていたのだろうか。実際、「野蛮人や野獣のやうに、ただ狂号して吠え、無意味な絶叫をする」という朔太郎の言葉は、恭次郎の次のような文章に呼応するかのようだ。「歓喜と哄笑と憤怒と泣訴と叫号と打撃は、一時の落下によつて、爆発し、甦生し、誕生し、疾走する。真つ黄ろの噴煙は盛なる排出する心臓を圧搾する」。

恭次郎のこうした言葉は、ちなみに岡本太郎の「芸術は爆発だ！」を髣髴させずにはいない。岡本太郎が正確にいつ頃からこの言葉を叫び始めたのか詳らかにしないが、昭和四十六年（一九七一年）に刊行された『美の呪力——わが世界美術史』（新潮社）が、「爆発」という言葉の頻出する、たぶん最初の書物のひとつであろうと思われる。ここには「透明な爆発――怒り」という章がある。その言うところを聞こう。はじめに怒りが爆発した、と岡本太郎は言う。「人間が自分を超えて、世界に、宇宙に無限のひろがりをつかみとる。つまり人間が人間になることだが。そのとき意志と感情の爆発に耐えなければならない。爆発といっても、火薬が炸裂するというような単純さではない。静かで、透明で、神秘のすじが宇宙をおおうような、そんな精神のひろがりである」。なかなかに美しいイメージである。同じ言葉を使っていても、萩原恭次郎の「爆発」とはちょっと違うような気もする。「透明な爆発」は宇宙論的である。だが、この原初の「爆発」と芸術とはどう関係するのか。「芸術は無限に対してノーという。自分自身をひっくるめて。それは反抗ではない。エネルギーの無目的な爆発なのだ」。この無目的性は、たとえば明神礁の「無償の爆発」に類比的である。「私は言いたい。全体をもって爆発し、己れを捨てることだ」。

自己の強調どころか自己否定性、無目的性、無償性、全体性、そうした観念が「爆発」のなかには含まれている。しかしいずれにせよ、岡本太郎の「爆発」論は、つまるところ表現主義美学の一ヴァリエーションというほかはあるまい。彼は要するに「芸術は表現だ」と言っているのであり、そして「表現」とは「内にあるものを外に出すこと」、しかも激しく出すことなのだ。

ちなみに、「表現主義」とは、もともとドイツ語の Expressionisumus の訳だが、これは画家のマティスがフランス印象主義の印象 impression という言葉を嫌って、画家の創意による画面構成を expression と呼んだのがドイツに入り、マティスとは違って、内面の表出という意味で使われるようになったことに由来する。

岡本太郎の文章は魅力的であり、作家の心構えとして傾聴に値するものを持っているけれども、しかし「表現」の概念、その内実こそが問われるべきであり、結局問題は振り出しに戻ると言わざるをえない。

「表現」と「観照」とを「同字義《シノニム》」であると見て、それをまた「芸術」と等置する朔太郎の詩学は、作ることと知ること、作ることと見ることとの関係性を狙上に乗せなくてはならないという課題を課するがゆえに積極的可能性を有する。それは、表現者＝制作者の内なる観照者、観照者の内なる表現者＝制作者の、相互的ダイナミックスを問題にすることである。いわゆる「芸術的天分」も、このダイナミックスにおいて闡明されるべきものであろう。朔太郎は「表現」を「情象」と「描写」に二分し、「詩とは情象する文学である」と結論したが、「情象」というこの比類のない言葉こそが、このダイナミックスを可能にし、支える場《トポス》を暗示しているに違いない。朔太郎の詩学は、してみればやはり制作者たる詩人の己れに課した制作学的要請と言うべきなのかもしれない。

Ⅲ

孤独な窃視者の夢想　江戸川乱歩と萩原朔太郎

江戸川乱歩と萩原朔太郎の関係を、「孤独な窃視者の夢想」という観点から考察してみたい。

このタイトルは、もとよりジャン゠ジャック・ルソーの『孤独な散歩者の夢想』という書名に掛けてのことである。西洋の文学史において、「孤独」、「散歩者」、そして「夢想」という言葉がタイトルとして使われたのは、おそらくこれが初めてである。

ちなみに、朔太郎は、一度だけルソーに言及している。『虚妄の正義』(昭和四年／一九二九年)のなかで、ルソーの『民約論』と『懺悔録』(つまり『社会契約論』と『告白』)とに言及して、こう述べている。

浪漫主義と自然主義と、この二つの敵国視する矛盾のものが、共にルツソオから出発し、本源を一にしたといふことは、常識にとつて意外である。

実際、ルソーという人物は多様な側面を持っていて、文学史の上ではフランス・ロマン主義の祖と位置づけられるが、未完に終わった遺著『孤独な散歩者の夢想』は、アンドレ・ブルトン流に言えば、シュルレアリスムの開始を告げる作品ということにもなるし、フランス革命に影響した『社会契約論』、そしてとりわけ『人間不平等起源論』は、マルクスやエンゲルスによれば、社会主義の始まりの書物であり、またこの『人間不平等起源論』は、レヴィ＝ストロースによれば、人類学の最初の書物であるということになる。『告白』は『懺悔録』と訳されて明治期以降の日本に大きな影響を及ぼし、これがいわゆる自然主義の始まりを告げることになった。朔太郎は、ロマン主義と自然主義とを「二つの敵国視する矛盾のもの」と呼んでいるわけである。

まぎれもなく孤独な境涯にあって数々の著作を紡ぎ出したルソーだが、まず「孤独」ということについて述べておこう。

朔太郎は、大正六年（一九一七年）に出した処女詩集『月に吠える』の「序」のなかで、こういうふうに言っている。

人は一人一人では、いつも永久に、恐ろしい孤独である。

（中略）

詩はただ、病める魂の所有者と孤独者との寂しいなぐさめである。

さらに朔太郎は、昭和四年に「ある孤独者の手記」という文章を発表している。こんなふうに書いている。

自分は始めから孤独であった。

（中略）

僕は家庭を持つてゐるけれども、此の家庭生活からも、僕は依然として孤独である。「妻」とか「子供」とかいふ観念が、どうしても僕にははつきりしない。

（中略）

気質的にも、対人的にも、家庭的にも、あらゆる人生に於いて僕の生存は悲劇である。僕はかつて中里介山氏の「大菩薩峠」といふ小説を読み、その主人公である机龍之介といふ人物に興味を感じた。机龍之介といふ人物は、日本で書かれた小説の中、最も孤独な人物である。しかし僕自身はそれよりももつと深く、もつと宿命的である悲劇を持つてゐる。

すさまじい孤独意識。乱歩は、生前未発表で、二〇一五年（平成二十七年）に「『新青年』趣味」に発表された、「今までに萩原朔太郎君から贈られた本」というエッセイのなかで、「彼の孤独性は僕以上のものがあるが、しかし大変似てゐる」と書いている。「彼には『酒』があるといふ点は非常な違ひだけれど」とも。乱歩は酒を飲めなかったのだ。しかしともかく孤独意識では共通していたわけである。本エッセイのタイトルを構成する「孤独な」という言葉は、こうした共通の意識に支えられている。

ところで、「散歩者」という言葉を、周知のように乱歩は『屋根裏の散歩者』（大正十四年／一九二五年）という小説のタイトルで用いている。乱歩がルソーを読んで、この言葉を借用したという証拠はない。執筆当時、ルソーの『孤独な散歩者の夢想』はまだ翻訳されていない。日本文学史上、おそらく初めての「散歩者」という表現を、乱歩はどこから思いついたのだろうか。

エドガー・アラン・ポオの影響が考えられるかもしれない。なにせ江戸川乱歩というペンネームのもとになったアメリカ人である。ポオに『群集の人』という短編小説がある。ロンドンの雑踏のなかを無目的にふらふらと歩く男の話である。乱歩は「群集の中のロビンソン・クルーソー」(昭和十年/一九三五年)というエッセイを書いているし、朔太郎にも「群集のなかを求めて歩く」(『蝶を夢む』大正十二年/一九二三年、所収)という詩がある。乱歩も朔太郎も、「群集」という問題をかなり抱えているところがある。

しかし「散歩者」という表現を、乱歩がどこから手に入れたのかは、結局のところよくわからない。彼の創意になるものか。ポオの「群集の人」という意匠は、ボードレールも受け継いでいるし、そして、ボードレールを研究していたヴァルター・ベンヤミンは、その問題を「フラヌール」というフランス語で論じている。「遊歩者」と訳されている。群集のなかをふらふらと歩く「遊歩者」。乱歩や朔太郎は、ベンヤミンの問題意識と似たものをすでに持っていたと言っていいだろう。ポオを原点とするのかもしれないが、いずれにせよ「散歩者」という表現の問題がある。

ちなみに、朔太郎は明治十九年(一八八六年)生まれ、乱歩は明治二十七年(一八九四年)生まれだから、乱歩のほうが八歳下である。朔太郎が乱歩に手紙を出し、そして昭和六年(一九三一年）に二人は出会っている。

さて、これら二人の「孤独な」人間の接点を、「窃視」という概念を援用して論じることにしよう。それゆえ、「孤独な窃視者の夢想」というわけである。

1

まず、乱歩において「窃視」すなわち覗き見が、どういうかたちで出てくるか、その「夢想」のありようを追ってみよう。

最初にやはり『屋根裏の散歩者』が来る。大正十四年（一九二五年）、『新青年』八月増刊号に発表された。朔太郎は、大正十五年に早くも乱歩の『心理試験』という書物について言及しているが、『屋根裏の散歩者』はこの小説集には収められていず、したがって朔太郎の反応の記述もない。

あらためて説明するまでもないが、アパートの押し入れで寝る習慣の孤独な男が、押し入れの天井板が外れることに気づき、そこから屋根裏に行けることがわかった。意外にきれいな屋根裏をうろうろとしていると、節穴を見つけ、そこから覗き見をするという話である。

乱歩はこう書いている。

天井からの隙見というものが、どれほど異様に興味あるものだかは、実際やってみた人でなければ恐らく想像もできますまい。

これは、主人公の述懐である。覗き見ではなく、隙間から見る、「隙見《すきみ》」という表現を使っている。

それに、平常《ふだん》、横から同じ水平線で見るのと違って、真上から見下ろすのですから、この、目の角度の相違によって、あたり前の座敷が、随分異様な景色に感じられます。

ここになかなか重要なポイントがある。人間はいつもは水平的に対面しあっているけれども、真上から見るので角度が違って「異様な景色」に見える。目の角度の相違によって景色が変わる。片目で覗いて、しかも角度が違う、そういうかたちで『屋根裏の散歩者』の話が構成されている。

その後、乱歩は『陰獣』（昭和三年／一九二八年）を書くが、そこで語り手がこんなふうに言っている。

私は屋根裏の遊戯者を真似て、そこから下の部屋を覗いて見たが、春泥がそれに陶酔したのも決して無理ではなかった。天井板の隙間から見た「下界」の光景の不思議さは、誠に想像以上であった。殊にも、ちょうど私の目の下にうなだれていた静子の姿を眺めたときには、人間というものが、眼の角度によっては、こうも異様に見えるものかと驚いたほどであった。

これは乱歩が語り手を通して自分自身の『屋根裏の散歩者』に言及している箇所だが、ここではあまりに直接的になるのを避けて、「散歩者」を「遊戯者」に変えている。ベンヤミンの「遊歩者《フラヌール》」という言葉を思わせる不思議な表現である。

いずれにせよ乱歩の小説は、隙間から覗く、節穴から覗くという話から始まると言ってもいい。『猟奇の果』（昭和五年／一九三〇年）という長編小説においても、平屋建てに見える家に二階座敷があり、そこの秘密戸から入る密室の板壁に小さな節穴があって、そこから「隙見」するのである。
こうしたたんなる肉眼による窃視（覗き見、隙見）の話が、レンズ、鏡を介在するようになっていく。その典型が『鏡地獄』（大正十五年／一九二六年）である。乱歩は自分自身の嗜好を主人公に仮託して、こんなふうに述べている。

考えてみますと、彼はそんな時分から、物の姿の映る物、たとえばガラスとか、レンズとか、鏡とかいうものに、不思議な嗜好を持っていたようです。それが証拠には、彼のおもちゃと言えば、幻燈機械だとか、遠眼鏡《とおめがね》だとか、虫眼鏡《むしめがね》だとか、そのほかそれに類した将門眼鏡《まさかどめがね》、万華鏡、眼に当てると人物や道具などが、細長くなったり、平たくなったりする、プリズムのおもちゃだとか、そんなものばかりでした。

ちなみに、将門眼鏡とは、また八角眼鏡ともタコタコ眼鏡とも称される、対象を分身化・複数化するもので、将門の影武者との関係からそう呼ばれていたらしい。
このように、あらゆるレンズ、眼鏡類に淫していた男が、とりわけ凹面鏡にこだわって、凹面鏡を球体にして中に入ったらどう見えるだろうかと考える。そして直径四尺ほどの中空のガラス玉内部に数カ所の強い光の小電燈を装置して、中に閉じこもる。ところが内側から開けられなくなり、外側の人間がそれに気づいて無理やり開けると、発狂して出てくるという話である。それに対して最後に語り手はこんなふうに述懐する。

ただ、われわれにかろうじてできることは、球体の一部であるところの、凹面鏡の恐怖を、球体にまで延長してみるほかにはありません。あなた方は定めし、凹面鏡の恐怖なれば、御存じでありましょう。あの自分自身を顕微鏡にかけて覗いて見るような、悪夢の世界、球体の鏡はその凹面鏡が果てしもなく連なって、われわれの全身を包むのと同じわけなのです。それだけでも、単なる凹面鏡の恐怖の幾十層倍に当ります。そのように想像したばかりで、われわれはもう身の毛もよだつではありませんか。それは凹面鏡によって囲まれた小宇宙なのです。われわれのこの世界だけではありません。もっと別の、おそらく狂人の国に違いないのです。

凹面鏡の恐怖！　凹面鏡について、乱歩は自分の顔を拡大して気味悪くなるというようなことを何度も書いている。『鏡地獄』発表の前年、大正十四年の「映画の恐怖」というエッセイでは、こう書いている。

あなたは、自分の顔を凹面鏡に写して見たことがありますか。赤子のように滑らかなあなたの顔が凹面鏡の前では、まるで望遠鏡でのぞいた月世界の表面のように、でこぼこに、物凄く変っているでしょう。鱗《うろこ》のような皮膚、洞穴のような毛穴、凹面鏡は怖いと思います。映画俳優というものは絶えずこの凹面鏡を覗いていなければなりません。本当に発狂しないのが不思議です。

凹面鏡で発狂する物語が、まさに『鏡地獄』として結実するわけである。この凹面鏡の恐怖なるものは、乱歩独特の奇妙なオブセッションと言うべきだろう。

ちなみに、ユルギス・バルトルシャイティスの『鏡』(一九七八年/拙訳一九九四年、国書刊行会)には、凹面鏡の問題が丹念に扱われているが、そこでは凹面鏡がもっぱら光を集める集光鏡として論じられている。つまり、それは太陽光線を集めて送り返し、対象に火をつけるために用いられたのである。エウクレイデスの『反射光学』にすでに語られていた集光鏡は、アルキメデスの鏡として実現し、遠くから船を燃やしたという伝承がある。アレクサンドレイヤの燈台にも特大の集光鏡が備えられていたという。いずれにせよ、西洋では凹面鏡は基本的に集光鏡として武器のカテゴリー内で考えられてきたようである。つまり、それは相手に危害を加えるという意味で、対他的である。しかし乱歩の場合には、自分の顔を凹面鏡で見ると気味が悪い、そういう発想で語られるから、これは徹頭徹尾対自的である。対他的／対自的の基本的差異がある。

もっとも、乱歩の「レンズ嗜好症」（昭和十一／年一九三六年）というエッセイには、中学生のときに、「庭一面に凹面鏡をとりつけて、その焦点で火を燃やしてみたり……」したという思い出が書かれているから、凹面鏡を対他的に用いたことがなかったわけでは必ずしもないらしい。しかしこれはあくまでも例外的な出来事である。乱歩の想像界（つまり「夢想」）においては、凹面鏡はやはりあくまでも対自的である。

乱歩において特権的な小説は、なんといっても『押絵と旅する男』（昭和四年／一九二九年）である。ここでは、何重にも、見ること、覗くこと、幻視が重なり合っているからだ。まず小説の冒頭に気をつけなければならない。こう始まる。

それは、わざわざ魚津へ蜃気楼を見に出かけた帰り途《みち》であった。

語り手が、魚津という場所に蜃気楼を見に行ったということから始まって、その蜃気楼の説明が長々と続く。

蜃気楼とは、乳色《ちちいろ》のフィルムの表面に墨汁《ぼくじゅう》をたらして、それが自然にジワジワとにじんで行くのを、途方もなく巨大な映画にして、大空に映し出したようなものであった。

乱歩は、この問題にかなりこだわっていた。先に挙げた「映画の恐怖」というエッセイのなかに、映画のフィルムに火がついて、黒いものがワアーッと広がるという恐怖を語っているところがある。乱歩はまさにそれを、『押絵と旅する男』と同年に発表した『蜘蛛男』という小説で使っている。蜘蛛男と呼ばれる犯罪者が、ある女優に危害を加えようとするが、まずその女優の出てくる映画のフィルムの顔のところに赤インキの斑点をつける。映画を見ている人には、その顔がだんだん血だらけになってくるように見える。「フィルムを調べて見ると、あの大写しの部分に、巧みに赤インキを塗って、さも血の流れるように徐々にその量を多くしてあることがわかった」というのである。『押絵と旅する男』の、「乳色のフィルムの表面に墨汁をたらして、それが自然にジワジワとにじんで行くのを、途方もなく巨大な映画にして」とは、まさにそれが蚕気楼という自然体験に拡大転写されたものであるということにほかならない。

はるかな能登半島の森林が、喰いちがった大気の変形レンズを通して、すぐ眼の前の大空に、焦点のよく合わぬ顕微鏡の下の黒い虫みたいに、曖昧に、しかもばかばかしく拡大されて、見る者の頭上におしかぶさってくるのであった。

乳色のフィルムとか映画とか、変形レンズとか顕微鏡とか、そうした視覚装置によって蜃気楼を説明する。これが物語の出だしである。

その語り手が、たまたま電車のなかで、絵のようなものを大事そうに抱えている男に出会った。それがちょっと気味が悪いので、いったいそれは何ですかと訊くと、その男が、よく訊いてくれました。じつは私の兄のことなんですけれどもと言って話し始めた。

それによると、兄が浅草凌雲閣、通称「十二階」に登って、遠眼鏡で遠くを覗いたところ、すばらしい美女の顔が見えた。その娘に一目惚れして、兄は気がおかしくなってしまう。どうしてもその娘に会いたいと探したら、それが覗きからくりのなかに置かれていた八百屋お七の人形だった。

二重の覗きになっているわけである。「十二階」から遠眼鏡で眺めると、女の顔が見えた。女を探したら、見世物の覗きからくりの上のところが開いていて、そこから女の顔をたま遠眼鏡で見つけたという話になっている。

二重の覗きの対象が八百屋お七の人形だったわけだが、最後に兄が弟に遠眼鏡を逆さまにして自分を見ろという。望遠鏡を逆に覗くと対象は小さくなる。それで小さな姿になった兄が、押絵の世界に忍びこんでしまった。そういう話になっている。『押絵と旅する男』は、最後の部分が有名だが、じつはこのように何重もの覗きによって構成された小説であると言っていい。

ところで乱歩には、一見こうした視覚的装置がなんら介在していないように思われるものの、しかしそうとは単純に言いきれない奇妙な短篇がある。『火星の運河』（大正十五年／一九二六年）である。

「巨大な黒褐色の樹幹」が「目もはるかに四方にうち続いて、末は奥知れぬやみの中に消えて」いくような鬱蒼とした森のなかを彷徨ううちに、「わたし」は美しい沼を見つける。

「この美しさは何物のわざであろう」と「わたし」は思う。その理由を尋ねて、「わたし」はこう述懐する。「空も森も水も、何者かを待ち望んで、ハチ切れそうに見えるではないか。彼らの貪婪《どんらん》きわまりなき欲情が、いぶきとなってふき出しているのではないか。しかし、それがなぜならばかくもわたしの心をそそるのか」と。風景描写に「欲情」という言葉が介入してくる。そしてこういう記述が続く。「わたしはなにげなく、目を外界からわたし自身の、いぶかしくも裸のからだに移した。そして、そこに、男のではなくて豊満なるおとめの肉体を見いだした時、わたしが男であったことをうち忘れて、さも当然のようにほほえんだ。あこの肉体だ！」。「わたし」の肉体は、男である「わたし」の「恋人」のそれへと変換し、その肉体ゆえに空も森も水も「わたしを待ちこがれ」、「欲情」していたというわけである。「わたし」は沼に足を踏み入れ、黒い水の中央に浮かぶ岩をめがけて泳ぎ始める。「黒くヌルヌルした岩の上」にはい上がって立ち、「顔をそらざまにして、あらんかぎりの肺臓の力をもって、花火のようなひと声をあげ」る。「それから、極端な筋肉の運動が始められた。それがまあ、どんなにすばらしいものであったか。アオダイショウがまっ二つにちぎれて、のたうちまわるのだ。シャクトリムシとイモムシとミミズの断末魔だ。無限の快楽に、あるいは無限の苦痛に、もがくけだものだ」。この奇妙な記述はいったいなにを意味しているのか。岩の上でのこの「極端な筋肉の運動」とはなんなのか。

こうして踊り狂いながら、なにか物足りなく感じた「わたし」は、「たった一つ、紅の色が欠けている」ことに気づき、みずからの血という「すばらしい絵の具」を使おうと思う。「わたしは薄い鋭いつめをもって、全身に、縦横無尽のかき傷をこしらえた。豊かなる乳ぶさ、ふくよかな腹部、肉つきのよい肩、はりきった太もも、そして美しい顔にさえも、傷口からしたたる血のりが川をなして、わたしのからだはまっかな彫りものにおおわれた。血潮の網シャツを着たようだ」。それが沼の水面に映って、「火星の運河！」というわけである。人体と地形学的自然との重ね合わせの比喩である。

「わたし」はまた「凶暴なる舞踊」を始め、「ありとあらゆる曲線表情」を演じるのだが、突然、「あなた、あなた」という声で起こされる。夢を見ていたのだ。「ボンヤリと目をあくと、異様に大きな恋人の顔が、わたしの鼻先に動いていた」というわけだが、その最後の描写を挙げておこう。

彼女のほおは、入り日時の山脈のようにくっきりと陰と日なたに分かれて、その分かれ目をしらがのような長いむく毛が、銀色に縁取っていた。小鼻のわきに、きれいなあぶらの玉が光って、それを吹き出した毛穴どもが、まるでほらあなのように、いともなまめかしく息づいていた。そして、その彼女のほおは、何か巨大な天体ででもあるように、徐々に徐々に、わたしの限界をおおいつくしていくのだった。

そう、まさに、これは凹面鏡によって拡大された顔の描写以外のなにものでもないのではないか。乱歩はいっさい視覚的装置の名前を挙げることなく、夢という意匠を用いることで、これを独特の「レンズ嗜好症」の物語としてたくらんだのではあるまいか。顔が「巨大な天体」であるように、赤い血のりの流れる肉体は「火星の運河」である。肉体と地形学的自然との重ね合わせの比喩である。

してみれば、女に変換した「わたし」が彷徨う「森」、その「巨大な黒褐色の樹幹」、「沼」、その中央に浮かぶ「岩」とは、なんの比喩なのか。それらはみな「欲情」している。これらはすべて女性性器の比喩に相違あるまい。男の「わたし」は夢のなかで恋人の「豊満な肉体」へと変換し、その肉体が「無限の快楽」あるいは「無限の苦痛」に、つまり性的陶酔《エクスタシー》にのたうちまわる場《トポス》そのものが、また女体の地形学的比喩になっているのだ。だからここには二重の屈折、二重の変換があると言っていい。男から女への、その女がまたみずからの肉体

＝自然において自己言及的に「ありとあらゆる曲線表情を演じる」という。それがすべて見えざる視覚的装置によって可能になっているのである。

肉体と地形学的自然との重ね合わせは、また『蟲』（昭和四年／一九二九年）という短篇のうちにも見てとれる。柾木《まさき》愛造が女優の木下芙蓉を殺す。男が女の全裸死体を眼差すくだりを挙げておこう。

非現実的なろうそくの光が、からだ全体に無数の柔らかい影を作った。胸から腹の表面は、さばくの砂丘の写真のように、陰ひなたが雄大なるうねりをなし、からだ全体は、夕日を受けた奇妙な白い山脈のように見えた。気高くそびえた峰つづきの不可思議な曲線、なめらかな深い谷間の神秘なる陰影、柾木愛造はそこに、芙蓉の肉体のあらゆる細部にわたって、思いもよらぬ微妙な美と秘密とを見た。

さて、その乱歩の帰趨を象徴する大作が、『パノラマ島奇譚』である。これは雑誌『新青年』の大正十五年（一九二六年）十月号から昭和二年（一九二七年）四月号に、五回連載したものだが、その間に、二回休載している。ちなみに、このときの編集長が横溝正史である。『パノラマ島奇譚』を、のちに乱歩自身が『パノラマ島奇談』と呼び代えたので、タイトルの呼称が一定しなくなるが、ここでは『奇譚』と称することにしよう。

この小説が、ポオの『ランダーの別荘』や『アルンハイムの地所』といった、金持ちが金に飽かして自分の理想郷を作るという話にヒントを得ていることは間違いない。そして谷崎潤一郎の『金色の死』(大正三年/一九一四年)という短篇。谷崎自身が明らかにポオの影響のもとに書いた小説だが、乱歩がこれを意識していたことは否定すべくもないだろう。三島由紀夫はこれを「忌まわしい秘作」と呼んだが、この問題については、拙著『肉体の迷宮』所収「谷崎潤一郎vs三島由紀夫——『金色の死』をめぐって」に詳論しているので、ここでは触れるだけにとどめる。

『パノラマ島奇譚』は、とても長い話である。瓜ふたつの男たちがいる。ひとりは売れないもの書きに、もうひとりは大実業家になるが、こちらが死んでしまう。もの書きが、その大実業家の墓を掘り出して死体を始末し、死んだ男が蘇生したように装って、ふらふらと現れる。死んだ男になり代わるが、事業そっちのけで莫大な財産を蕩尽《とうじん》して、ある島を買いこみ、そこを自分の理想郷にしようとする話。それをパノラマ島とみずから呼んだわけである。乱歩の「レンズ嗜好症」あるいは「レンズ狂」が、ついに島全体を一個のパノラマに化すところまで行ってしまったと言うべきだろうか。

その大金持ちになり代わった男が、奥さんをパノラマ島に案内する場面がある。「夫」の正体に疑心暗鬼の奥さんに、主人公はこう語りかける。


お前は、パノラマというものを知っているだろうか。日本では私がまだ小学生の時分に非常に流行した一つの見世物なのだ。見物はまず、細い真暗な通路を通らねばならない。そしてそれを出離れてパッと眼界がひらけると、そこに一つの世界があるのだ。いままで見物たちが生活していたのとはまったく別な、一つの完全な世界が、目もはるかに打ち続いているのだ。

（中略）

私はいつか、このパノラマを発明したというフランス人の話を聞いたことがあるけれど、それによると、少なくとも最初発明した人の意図は、この方法によって一つの新しい世界を創造することにあったらしい。ちょうど小説家が紙の上に、俳優が舞台の上に、それぞれ一つの世界を作り出そうとするように、彼もまた彼独特の科学的な方法によって、あの小さな建物の中に、広漠たる別世界を創作しようと試みたものにちがいないのだ。

乱歩は、片目で覗くというところから始めて、次にレンズを介在させ、そしてついに島全体をパノラマに化すという、そういう小説を書き続けたわけである。ここにはいわゆる窃視、覗き見はないけれども、島全体が「レンズ狂」の究極の夢想のようなかたちで描かれるのだ。この『パノラマ島奇譚』を、朔太郎が高く買ってくれたことを、乱歩自身が「萩原朔太郎と稲垣足穂」（一九五一年、『探偵小説四十年』所収）という文章に書いている。

私はかねてこの著名な詩人を、大いに尊敬していたので、同氏の方から先に私の家を訪ねてくれたのには恐縮を感じたが、この詩人は少しも気取らない書生流儀で、私を気の合いそうな遊び友達として、選んでくれたらしいのである。萩原氏はポー、ボードレール、ワイルド系統の作品を愛し、その点では話が合うのだが、彼は酒好き、私は当時殆ど飲めなかったので、そこがどうもうまく行かなかった。現在ならもう少しお付き合いができたのにと、惜しまれる。

こうして出会った二人は、一緒に浅草に行って木馬に乗ったりしたらしい。そして乱歩は、こんなふうに書いている。

萩原氏は私の「パノラマ島奇談」を案外高く買っていて、「あれはいい、あれはいい」といってほめてくれた。私が萩原氏の詩をアフォリズム以外では、「死なない蛸《たこ》」と「猫町」とを最も愛することは、別の随筆にも書いた通りであるが、その時はまだ「猫町」を読んでいなかった。それ以来、萩原氏は著書を出す度に、贈ってくれるようになり、自装の「青猫」や「猫町」や数々のアフォリズムを、私は愛読したものである。

ここで乱歩は「奇談」という言葉を使っている。ちなみに、「別の随筆」というのは、乱歩が雑誌『宝石』（昭和二十四年七月臨時増刊、文芸探偵小説考）に発表した、「続・一般文壇と探偵小説」のことであろう。

「死なない蛸」は、奇しくも乱歩の『パノラマ島奇譚』の最終回が出た『新青年』の同じ昭和二年（一九二七年）四月号に発表された、朔太郎の散文詩のタイトルである。水族館のなかに蛸が飼われているが、それが自分の足を食い始め、ついには胴を裏返して胃袋を食べ、自分の身体を食いつくすにいたる。

かくして蛸は、彼の身体全体を食ひつくしてしまつた。外皮から、脳髄から、胃袋から。どこもかしこも、すべて残る隈なく、完全に。

（中略）

けれども蛸は死ななかった。彼が消えてしまつたあとですらも、尚ほ且つ永遠にそこに生きてゐた。古ぼけた、空つぽの、忘れられた水槽の中で。永遠に——おそらくは幾世紀の間を通じて——或る物すごい欠乏と不満をもつた、人の目に見えない動物が生きて居た。

奇妙な自己消滅を扱った散文詩である。朔太郎は、ひょっとしたら同じ雑誌で『パノラマ島奇譚』を読みながら、これを書いたのかもしれない。というのも、この小説には、海中に延々と伸びるガラスのトンネルを通る場面があって、そのガラス越しにグロテスクな海の生き物の光景が見えるのである。閉ざされた水族館のガラス窓の向こう側に蛸が見えるという意匠は、乱歩のくだんの小説を髣髴とさせないではいない。

ちなみに、この自己消滅というテーマは、文学史のなかで何人かが扱っているが、比較的最近では、安倍公房の『赤い繭』（昭和二十五年／一九五〇年）がある。ひとりの男が歩いていると、自分の身体から糸が出てきて、なんだろうと思って足のあたりから手繰り寄せていくと、どんどん自分の身体が無くなっていき、ついに自分の身体全体が繭になってしまった。男は家を欲しがっていたのだが、最後に繭という家ができたときには、住む自分がいなかったという話である。存在と非在をめぐるアイロニカルな話だが、朔太郎の場合は、「物すごい欠乏と不満をもつた、人の目に見えない動物が生きて居た」という、いささか不気味な終わり方をしている。

ところで、朔太郎は乱歩の『心理試験』（大正十四年／一九二五年）という小説集を読んで、翌年に「探偵小説に就いて」（一九二六年）というエッセイを書いている。その冒頭に、こうある。

江戸川乱歩氏の「心理試験」を買つて読んだ。もちろん相当に面白かつた。しかし有名な「二銭銅貨」や「心理試験」は、私には余り感服できなかつた。日本人の文学としては、成程珍しいものであるかも知れない。しかし要するに、「型にはまつた探偵小説」ぢやないか。

『二銭銅貨』や『心理試験』のような頭脳的に推理していく小説は、すでにコナン・ドイルがやっているというわけである。しかし、こうも書いている。

最近「人間椅子」を読んで嬉しくなつた。「人間椅子」はよく書けてゐる。実際、これ位に面白く読んだものは近頃なかつた。

先に述べたように、『屋根裏の散歩者』への言及はない。そして結論的に、朔太郎はこう書いている。

推理だけの、トリックだけの、機智だけの、公式だけの小説は、もはやその乾燥無味に耐へなくなつた。我々は次の時代を要求してゐる。次に生れるべき新しい文学を熱望してゐる。「未知に対する冒険」！　これが探偵小説の広義の解釈に於ける本質である。

未知に対する冒険がなくてはだめだと言う。そして朔太郎は、ドストエフスキーの『罪と罰』を例に挙げて、「犯罪者の変態心理」を書いているところを高く評価し、「変態心理の描出」こそ、あるべき探偵小説の姿であると主張する。
探偵小説の分野では、本格変格論争というのがあって、事実上、乱歩は変格小説の旗手であったわけだが、不思議なことに乱歩自身は「変格」という言葉をとても嫌った。「探偵小説純文学論を評す」（昭和二十五年／一九五〇年）というエッセイのなかで、乱歩はこう言っている。

私の過去の作品で云えば、「人間椅子」「鏡地獄」などは、変格と云わないで、怪奇小説と名づけて貰いたいし、「押絵と旅する男」「パノラマ島奇談」などは幻想小説、「蟲」などは犯罪小説と呼んで貰いたい。

朔太郎が主張しているのは、変格ならぬ変態という言葉を用いているが、つまるところ変格小説の称揚であると言っていいだろう。朔太郎の乱歩への共感は、まさにそこにあったわけである。

2

朔太郎に焦点を当てることにしよう。

朔太郎は、探偵とか犯罪とかいう問題に非常に親和性を持っていた詩人である。彼が「上毛新聞」に大正四年（一九一五年）に発表した「所感断片」には、こうある。

掏摸《すり》といふ人種は何時でも霊性を帯びてゐる。（中略）彼の犯罪は明らかに霊智の閃光であつて、同時に繊微なる感触のトレモロである。

（中略）

地上に於て最も貴族的なる職業は探偵である。彼の武器は鋭利なる観察と推理と直覚と磨かれたるピストルである。

（中略）

犯罪が秘密性を帯びて来れば来る程彼の瞑想は芸術的となり、犯罪が危険性を所有すればする程彼のピストルは光つて来る。探偵それ自身が光輝体となつて来る。

探偵・ピストル、あるいは犯罪・ピストルという観念連合。長々と犯罪へのオマージュが続くが、これはひょっとしたら夏目漱石の『吾輩は猫である』（明治三十九年／一九〇六年）を意識して書いたのではあるまいか。そこには、先にも引いたように、主人公が「探偵」なるものをクソミソに悪く言う、こんな箇所があった。

不用意の際に人の懐中を抜くのがスリで、不用意の際に人の胸中を釣るのが探偵だ。知らぬ間に雨戸をはずして人の所有品を偸《ぬす》むのが泥棒で、知らぬ間に口を滑《すべ》らして人の心を読むのが探偵だ。ダンビラを畳の上へ刺して無理に人の金銭を着服するのが強盗で、おどし文句をいやに並べて人の意志を強《し》ふるのが探偵だ。だから探偵と云ふ奴はスリ、泥棒、強盗の一族でたうてい人の風上《かざかみ》に置けるものではない。そんな奴の云ふ事を聞くと癖になる。決して負けるな。

朔太郎のエッセイは、漱石のこの「大議論」のちょうど正反対になっているわけである。掏摸《すり》、泥棒、強盗、そして探偵を持ち上げて。朔太郎が漱石を意識したという確たる証拠はないが、両者の暗黙の関係は念頭に置いておくべきかもしれない。

朔太郎の詩を何篇か具体的に見ていくことにしよう。まずは処女詩集『月に吠える』（大正六年／一九一七年）所収の「殺人事件」という詩。

殺人事件

とほい空でぴすとるが鳴る。
またぴすとるが鳴る。
ああ私の探偵は玻璃の衣装をきて、
こひびとの窓からしのびこむ、
床は晶玉、
ゆびとゆびのあひだから、
まつさをの血がながれてゐる、
かなしい女の屍体のうへで、
つめたいきりぎりすが鳴いてゐる。

しもつき上旬《はじめ》のある朝、

探偵は玻璃の衣装をきて、
街の十字巷路《よつつじ》を曲つた。
十字巷路に秋のふんすゐ。
はやひとり探偵はうれひをかんず。

みよ、遠いさびしい大理石の歩道を、
曲者《くせもの》はいつさんにすべつてゆく。

ピストルの登場である。遠くでピストルが鳴った音が聞こえたわけである。「玻璃」とは水晶あるいはガラスのことだから、そんな衣装を着た探偵がいるのかという問題があるが、「玻璃の衣装をきて、こひびとの窓からしのびこむ」。恋人の部屋でピストルが鳴ったということを前提に探偵が窓から忍びこんだら、「床は晶玉」、女の「ゆびとゆびのあひだから、まつさをの血がながれてゐる」。女はもう死んでいる。「かなしい女の屍体のうへで、つめたいきりぎりすが鳴いてゐる」。

第二連は、「しもつき上旬《はじめ》のある朝」で始まる。しもつきとは十一月のことだから、これもよく指摘されることだが、夏のきりぎりすとは季節的に合わない。「探偵は玻璃の衣装をきて、街の十字巷路《よつつじ》を曲つた」。つまり、犯人を追いかけるために、部屋から出て街の十字巷路を曲がったということらしい。「十字巷路に秋のふんすゐ。はやひとり探偵はうれひをかんず」。そうして、「みよ、遠いさびしい大理石の歩道を、曲者《くせもの》はいつさんにすべつてゆく」。探偵と曲者が出てくるが、両者の関係がよくわからない。追いかけていた探偵が、あたかも曲者になるかのようにも見える。というのも、探偵は「町の十字巷路《よつつじ》を曲つた」とあるが、曲者《くせもの》は曲がる者と書くから、曲者、つまり女を殺した犯人とそれを追いかける探偵との差異が曖昧になっている。そして「玻璃」とか「晶玉」とか「大理石の歩道」とか、きらきら光る物のなかで「事件」は展開しているようである。

この詩は、当時浅草で封切られた全三十巻の連続大活劇『T組』からイメージを借りていると指摘されている。そこには凶賊チグリスと、体にぴったりした黒装束を着た美人探偵プロテアが登場するという。

いずれにせよ、事件がすでに起きてしまっているところから詩は始まる。このことについては、たとえば種村季弘の論考「歪んだ足つきの詩人」(『新文芸読本萩原朔太郎』河出書房新社、一九九一年、所収)のように、詩人における事後性の問題を指摘することができるだろう。

精神病理学者の木村敏による時間論的分類を援用するなら、朔太郎の詩の事後性的特質は、ポスト・フェストゥム（祭りのあと、あとの祭り）と呼ぶこともできそうである。とんでもないことをした、もう取り返しがつかない、という鬱病的気質に特有の過去志向的なあり方である。

言葉を換えれば、『月に吠える』は、ある種、分身性の詩集であると言うこともできよう。それは、朔太郎自身が自覚的に明言していることでもある。戌年生《いぬどし》まれの朔太郎が、「序」にこう書いている。

月に吠える犬は、自分の影に怪しみ恐れて吠えるのである。

吠える犬とその影とは、自我と物象へのその投影、本体とその分身でもある。主体とその鏡映であると言ってもよい。

もうひとつ、似たような詩を見てみよう。

干からびた犯罪

どこから犯人は逃走した？
ああ、いく年もいく年もまへから、
ここに倒れた椅子がある、
ここに凶器がある、
ここに屍体がある、
ここに血がある、
さうして青ざめた五月の高窓にも、
思ひにしづんだ探偵のくらい顔と、
さびしい女の髪の毛とがふるへて居る。

犯罪はすでに起きていて、被害者の女は死んでいるらしい。それに気づいた探偵は、なすすべもなく思いに沈んでいる。「殺人事件」とほとんど同じ構造である。犯人はどこに逃走したのか。探偵と犯人は、別人にしてまた同一者なのか。

分身問題は、じつは西洋近代文学のテーマでもあった。西洋の十九世紀文学思潮を一言で特徴づけるなら、分身のテーマの登場であると言うことができよう。デカルト的自我の崩壊の後、他者性の発見というかたちでの自我分裂が顕在化した。それは無意識の発見と言ってもいいし、精神分析という思想の成立と言ってもいいが、文学はそのことをいちはやく形象化していたのではないか。アーデベルト・フォン・シャミッソーの『ペーター・シュレミールの不思議な物語』（一八一四年）、邦訳では『影をなくした男』、ポオの『ウィリアム・ウィルソン』（一八三五年）、ドストエフスキーの『分身』（一八四六年）、邦訳では『二重人格』、スティーヴンソンの『ジキル博士とハイド氏』（一八八六年）、ワイルドの『ドリアン・グレイの肖像』（一八九一年）などが、すぐに思い浮かべられるところである。

近代日本は、こうした西洋近代文学の趨勢からかなり影響を受けている。もともと日本は、「漢《から》」に対する「和」というかたちで二重性を有していた。ところが近代になって西洋が圧倒的な力を持って日本の前に立ちはだかるようになると、和と漢という差異は意識下に抑圧され、もっぱら「日本」対「西洋」という図式が成立することになる（ちなみに拙著『幻想の花園』では、それが「桜」対「薔薇」という花の対立に象徴されることを論じた）。日本の近代は、その出発点から分裂ないし二重性をはらみながら、自己のアイデンティティを模索することを余儀なくされた。それが個々の作家のレベルでは、精神病理学的な問題になったり、分身の問題になったりしたわけである。芥川龍之介、谷崎潤一郎、そして江戸川乱歩も萩原朔太郎も、みなこの問題を抱えていた。

ところで、私は文学作品を論じる際には、基本的に「作者」と「作家」を区別すべきだという立場を取りたいと思っている。「作者」とは、作品が遡行させるところの理念的な作り手のことであり、「作家」とは、もろもろの日常生活や個人的エピソードをまとった現実的な人物像のことである。本来、文学論は作家論に逸脱してはならないと思う。だが、ここで原則を侵してあえて「作家」としての朔太郎に触れておこう。「窃視」の問題に関係するからだ。

朔太郎は、すぐ下の妹ワカの同級生の馬場ナカという女性が好きだったと言われている。カトリックの洗礼を受けてエレナと呼ばれ、しかも医者と結婚して、佐藤ナカという名前になった。朔太郎の一方的な愛と欲望は満たされることはなかった。芝正身『北一輝と萩原朔太郎』(御茶の水書房、二〇一六年)によれば、朔太郎は、この佐藤ナカの家の垣根を越えて実際に覗き見をしていたストーカーであったという。「現実的恋愛不能者」たる朔太郎は、エレナと思しき女性をあたかも永遠の恋人のように詩のなかに登場させているが、現実はひたすら一方的なストーカーだったというわけである。「殺人事件」のなかで、「まつさをの血」を流して死んでいるのも、エレナかもしれない。「こひびと」を殺した「曲者」は、性的願望を抑圧した主体（＝探偵）の殺意を代行した「分身」であると言うこともできよう。

このナカ、洗礼名エレナという女性は、大正六年（一九一七年）五月五日、療養先の鎌倉で結核のため二十六歳の短い生涯を終えた。『月に吠える』は、同年の二月に刊行されたが、この詩集は、ある意味でエレナへの思い出の書だと言ってもいいところがある。現実的な窃視者の観念化の産物であると言ってもいい。

実際に朔太郎が覗き見ることを非常に具体的に書いた詩篇がある。顕微鏡で覗く、「ばくてりやの世界」である。

ばくてりやの世界

ばくてりやの足、
ばくてりやの口、
ばくてりやの耳、

ばくてりやの鼻、
ばくてりやがおよいでゐる。
あるものは人物の胎内に、
あるものは貝るゐの内臓に、
あるものは玉葱の球心に、
あるものは風景の中心に。

ばくてりやがおよいでゐる。

ばくてりやの手は左右十文字に生え、
手のつまさきが根のやうにわかれ、
そこからするどい爪が生え、
毛細血管の類はべたいちめんにひろがつてゐる。

ばくてりやがおよいでゐる。

ばくてりやが生活するところには、
病人の皮膚をすかすやうに、
べにいろの光線がうすくさしこんで、
その部分だけほんのりとしてみえ、

じつに、じつに、かなしみたへがたく見える。

ばくてりやがおよいでゐる。

実際に顕微鏡を覗かなければ、「ばくてりやの手は左右十文字に生え」とか、「手のつまさきが根のやうにわかれ」とか、わからないはずだ。朔太郎が、顕微鏡という近代光学装置を覗くという経験を具体的にしたことは間違いあるまい。しかし、「あるものは人物の胎内に、あるものは貝るゐの内臓に、あるものは玉葱の球心に、あるものは風景の中心に。ばくてりやがおよいでゐる」。これは想像である。現実と想像がないまぜになった覗きの詩である。朔太郎が書いた、もっとも奇妙な、病的と言ってもいい詩、それが「内部に居る人が畸形な病人に見える理由」である。

内部に居る人が畸形な病人に見える理由

わたしは窓かけのれいすのかげに立つて居ります、
それがわたくしの顔をうすぼんやりと見せる理由です。
わたしは手に遠めがねをもつて居ります、
それでわたくしは、ずっと遠いところを見て居ります、
につける製の犬だの羊だの、
あたまのはげた子供たちの歩いてゐる林をみて居ります、
それらがわたくしの瞳《め》を、いくらかかすんでみせる理由です。
わたしはけさきやべつの皿を喰べすぎました、

そのうへこの窓硝子は非常に粗製です、
それがわたくしの顔をこんなに甚だしく歪んで見せる理由です。
じつさいのところを言へば、
わたくしは健康すぎるぐらゐなものです、
それだのに、なんだつて君は、そこで私をみつめてゐる。
なんだつてそんなに薄気味わるく笑つてゐる。
おお、もちろん、わたくしの腰から下ならば、
そのへんがはつきりしないといふのならば、
いくらか馬鹿げた疑問であるが、
もちろん、つまり、この青白い窓の壁にそうて、
家の内部に立つてゐるわけです。

異常な詩である。一人称表記も一定しない。朔太郎が自覚していたのかいないのか、「わたし」として登場した主体が、すぐに「わたくし」になり、また平仮名で書いていたのが、漢字の「私」になったりする。

最初から見ていこう。「わたしは窓かけのれいすのかげに立つて居ります」。部屋のなか、窓のそばにいて、レースが掛かっているところに立っている。すると、「それがわたくしの顔をうすぼんやりと見せる理由です」となる。「わたし」が「わたくし」に変わったが、レースのせいか、「うすぼんやりと見せる」のは、他者に対してであって、誰かが見ていないと、「うすぼんやりと」は見えないはずだ。ここにある種の視点が入りこんでいる。自分が誰か他者の目にうすぼんやり見えるだろうと自分のことを考えている。対自的である。

「わたしは手に遠めがねをもつて居ります」。これは事実を言っている。そしてまた「わたくし」になり、「それでわたくしは、ずっと遠いところを見て居ります、につける製の犬だの羊だの、あたまのはげた子供たちの歩いてゐる林をみて居ります」。望遠鏡で遠くのいろいろな対象を見ている。「あたまのはげた子供たち」（!）。いずれにせよ、対他的である。

次に、「それらがわたくしの瞳《め》を、いくらかかすんで見せる理由です」。瞳に「め」とルビが振ってあるが、「いくらかかすんで見せる」というのは、誰かが外側から自分の「瞳《め》」を見ないとかすんで見えないわけだから、対自的である。

「わたしはけさきやべつの皿を喰べすぎました」。これはまあ事実である。「そのうへこの窓硝子は非常に粗製です」。なぜ「そのうへ」なのかわからないが、窓ガラスが出てくる。

「それがわたくしの顔をこんなに甚だしく歪んで見せる理由です」。窓ガラスの外側から見たら、中側にいる自分の顔が歪んで見えるだろうという想像である。対自的である。

「じつさいのところを言へば、わたくしは健康すぎるぐらゐなものです。それだのに、なんだつて君は、そこで私をみつめてゐる」。「私」を見つめている「君」の突然の登場である。「なんだつてそんなに薄気味わるく笑つてゐる。おお、もちろん、わたくしの腰から下ならば、そのへんがはつきりしないといふのならば、いくらか馬鹿げた疑問であるが、もちろん、つまり、この青白い窓の壁にそうて、家の内部に立つてゐるわけです」。

外側から自分を見ているのが「君」で、内側から外を眺めているのが「わたくし」だということらしい。ここに主体が分裂した、引き裂かれた自我像があると見ることもできる。この腰から下が見えないという表現は、じつは朔太郎の作品のなかにしばしば出てくる。下半身がはっきりしないという表現は、性的不能を表わすという解釈もある。最初の「殺人事件」という詩に戻ると、「十字巷路に秋のふんすゐ。はやひとり探偵はうれひをかんず」とある。突然、噴水が出てくるわけだが、これは精神分析的に言えば、射精のメタファーである。具体的な性的関係を持てない人間で、しかも恋人がすでに殺されて不在のまま、ある種の自慰的な問題がここに暗示されているのかもしれない。下半身にこだわっていることは事実で、しかもその存在が「はつきりしない」。
ほとんど狂気のような詩だが、これと対をなすのが、「肖像」という詩である。

肖像

あいつはいつも歪んだ顔をして、
窓のそばに突つ立つてゐる、
白いさくらが咲くころになると、
あいつはまた地面の底から、
むぐらもちのやうに這ひ出してくる、
じつと足音をぬすみながら、
あいつが窓にしのびこんだところで、
おれは早取写真にうつした。

ぼんやりした光線のかげで、

白つぽけた乾板をすかしてみたら、
なにかの影のやうに薄く写つてゐた。
おれのくびから上だけが、
おいらん草のやうにふるへてゐた。

歪んだ顔をして窓のそばに立っているという設定は、「内部に居る人が畸形な病人に見える理由」とまったく同じである。「あいつはまた地面の底から」という表現は、『月に吠える』の最初の詩「地面の底の病気の顔」という一種の自画像のような詩と掛けているわけだが、「あいつ」が突然「おれ」によって「早取写真」に撮られる。「ぼんやりした光線のかげで、白つぽけた乾板をすかしてみたら、なにかの影のやうに薄く写ってゐた。おれのくびから上だけが、おいらん草のやうにふるへてゐた」。

「あいつ」と「おれ」の関係がはっきりしない。撮られたはずの「あいつ」がいつの間にか「おれ」になっている。しかも下半身不在の「くびから上だけ」の「おれ」に。二つにして、ひとつであるという、分身的な問題がここにもある。しかも写真機を覗くという行為が介在している。

朔太郎の特徴を示す詩を五篇採り上げてきたが、この詩人において、見ること、視線、まなざしとはいったいなんだったのか考えてみたい。

朔太郎の親友でもある室生犀星のエッセイ集『我が愛する詩人の伝記』（昭和三十三年／一九五八年）のなかに、こんな一節がある。

萩原は他人と話をするときには、対手《あいて》の眼にぴたっと見入らずに、伏眼がちにチラチラと横目をしている間に、対手の眼を見返す妙な癖があった。私は彼の印象を書く折りにそれをどう現わすべきかに、適当な言葉に気付かずにいたが、葉子さんはそれを「父は怯《おび》えたような眼付をし、まともに私を見なかった。」と見抜いていて、私は葉子さんはよくお父さんを見ていたと思った。

相手からまなざしを返されることを恐れる。それで伏し目がちに、ちらっと盗み見る。サルトルの『存在と無』における「まなざし」についての議論を想起せずにいられない。サルトルによれば、まなざしとは相手を石のように化してしまうメドゥーサ的なものである。相手から見られると、自分は一個の対象と化す。見返そうと思ったら、相手のまなざしを否定しなければならない。まなざしとは、いわばお互いを喰い合うものだ。「他者のまなざしは距離を世界に到来させる」というわけである。朔太郎が相手のまなざしを嫌って、目を合わせない。相手が自分を見ていないときにチラッと見るというのは、まさにサルトル哲学の絵解きのようであると言うほかはない。

ちなみに、乱歩は「探偵小説に描かれた異様な犯罪動機」（昭和二十五年／一九五〇年）というエッセイのなかで、こんなふうに述べている。

私も「隠れ蓑《みの》」願望の強い男で、昔の作に「覗き」の心理を描いたものが多いのもここから来ている。「屋根裏の散歩者」で天井裏という隠れ蓑に隠れて悪事を働くのも、「人間椅子」という隠れ蓑に隠れて恋愛をするのも、凡てこの願望の変形であった。

隠れ蓑願望とは、自分の姿を見られずにこちらから見るということである。要するに窃視、覗き見とは、向こう側からまなざしを返されずにこちらから一方的にまなざしを送るという行為である。片目であれ両目であれ、まなざしをいっさい返されないから、窃視が成立するわけだ。
朔太郎という人物は、そういう意味で窃視の人ではなかったかと思う。そのようなことを象徴するのが、彼の写真機趣味である。「僕の写真機」（昭和十四年／一九三九年）というエッセイに、こうある。

普通の写真機は、レンズが一つしかないのであるが、僕のはレンズが二つあつて、それが左右同時に開閉し、一枚の細長い乾板に、ふたつの同じような絵が写るのである。これを陽画にしてから、特殊のノゾキ眼鏡に入れてみると、左右二つの絵が一緒に重なり、立体的に浮き上がつて見えるのである。

こういう写真機は、日本で双眼写真とも言われるが、これはフランス製のステレオコープのことである。

とにかく僕にとつては、このステレオコープだけが、唯一無二の好伴侶だつたのである。
（中略）一言にして盡せば、僕はその器械の光学的な作用をかりて、自然の風物の中に反映されてる、自分の心の郷愁が写したいのだ。僕の心の中には、昔から一種の郷愁が巣を食つてる。

彼がこだわった写真機、ステレオコープは、ちょうど人間と同じ両眼構造を持つ。人間も右目と左目の視差があり、その視差が頭のなかで重なることによって、世界が立体的に見えるわけだが、それがそのまま機械化されたのが、このステレオコープである。朔太郎は、それが「特殊なパノラマ的情愁――パノラマといふものは、不思議に郷愁的の侘しい感じがするものである――を本質」とする、と続けている。この「情愁」という言葉に、『詩の原理』における「情象」という言葉を重ねることもできるだろう。

萩原葉子の『父・萩原朔太郎』(昭和三十四年／一九五九年)のなかに、こんな一節がある。

ある日、私は父にお茶を持ってゆくと、いつものようにタバコの煙が部屋いっぱいに漂った中に、父は腹這いになって見覚えのある立体写真に見入っていた。が私を見るとあわてて写真から顔を離してこちらを向き、まるで悪いことでもしていたようにおどおどしているのだった。

娘に目撃されて、おどおどしている。覗き見の現場を押さえられたように。それで朔太郎がいないときに、そっと父親の部屋に入って、いったいどんな写真を見ているのか確かめようとする。

私は写真を入れていないことに気がつくと、ボール箱から手あたり次第に一枚取り出し、写真機にさし込んだ。

立体写真というのは、まず写真機で写して、その紙焼きしたポジをもう一度覗き眼鏡で覗くわけである。二回の覗きで立体写真ができ上がる。

すると、どうしたことだろう！　つまらない写真だと思っていたのに、過去の時間が再現されて生き生きと浮き出して来た。笑っている人の顔からは言葉が聞え、流れる川の音まではっきりと聞える。幻想的な四次元の世界が展開していたのだった。父が、この立体写真を眺めるのは孤独だからという思いがすると、私は父の冷んやりした固い蒲団の上に、坐ったまま悲しくなった。

孤独な窃視者の姿を伝えてくれる貴重な証言である。

その朔太郎が、『月に吠える』の六年後、大正十二年（一九二三年）に、『青猫』を出した。犬から猫になったわけである。

この猫という存在も、近代文学のある種の特権的形象と言ってもいいかもしれない。ポオは『黒猫』を書き、ボードレールは猫好きで、猫と女を重ね合わせて詩を書いた。夏目漱石は、ホフマンの『牡猫ムルの人生観』を下敷きに、『吾輩は猫である』を書き、そして無類の猫好きの谷崎潤一郎は『猫と庄造と二人のをんな』を書いた。猫と睦み合う作家たち……。

朔太郎は、『青猫』のあとに『定本青猫』（昭和十一年／一九三六年）という詩集を刊行した。詩篇を取捨選択して新しく編集し直したものだが、その「自序」に注目しなければならない。

これらの詩篇に於けるイメージとヴィジョンとは、涙の網膜に映じた幻燈の絵で、雨の日の硝子窓にかかる曇りのやうに、拭けども拭けども後から後から現れて来る悲しみの表象だつた。

自分自身の詩集について、もうこれ以上要約しようがない端的な言葉である。それからこういう文章も。

そしてすべての風景は、カメラの磨硝子に写つた景色のやうに、時空の第四次元で幻燈しながら、自奏機《おるごをる》の鳴らす侘しい歌を唄つてゐる。その侘しい歌こそは、すべての風景が情操してゐる一つの郷愁、即ちあの「都会の空に漂ふ郷愁」なのである。

完璧な序文である。たとえば、「蒼ざめた馬」という詩が収められている。「わたしの生涯《らいふ》の映画幕《すくりん》から」という言葉がある。生涯の映画幕、つまり、私の人生は映画の映像を見るようなものだった、と言っているわけである。「幕」という字には、もともと網膜の「膜」という字が使われていたという指摘もある。こちらのほうがふさわしいかもしれない。それから、「絶望の凍りついた風景の乾板から」という表現もある。自分の見る景色を、映画、あるいは立体写真の乾板の映像と重ね合わせている。つまり朔太郎自身の肉眼が一種の覗きからくりであって、実際に覗きからくりを大変好んだだけでなく、彼自身が生きていくうえで見ていた風景、景色、世界は、じつのところ彼自身の両眼の覗きからくりから、レンズを通して見た風景、景色、世界にほかならなかったのではないかということを思わせるのである。
その彼が、昭和十年（一九三五年）に、『猫町』という奇妙な小説を書いた。

久しい以前から、私は私自身の独特な方法による、不思議な旅行ばかり続けてゐた。

という言い方が出てくる。最初は、モルヒネ、コカイン、麻酔によるエクスタシーの夢、つまり薬によって「旅行」することをやった。これが第一の方法である。第二の方法は、散歩である。まさしく「孤独な散歩者の夢想」。道に迷って、ふとある賑やかな往来に出ると、そこに美しい町があったとか、「私は夢を見てゐるやうな気がした。それが現実の町ではなくつて、幻燈の幕に映つた、影絵の町のやうに思はれた」とか書いている。故意に方位を錯覚させて歩いていると、いわば眼自体が幻燈化して、そこに影絵の町が映るわけである。これが第二の方法である、
あるとき、細い山道を歩いていると突然美しい町に出た。ここで彼は、三半規管が悪かったと書いている。三半規管が悪いと方向感覚がなくなる。おのずから「方位の観念の喪失」

を来たしたわけである。
この「美しい町」という表現で、すぐに想起されるのは、佐藤春夫の『美しき町』（大正九年／一九二〇年）という小説である。パノラマ島は乱歩の美しい町だったが、これは犯罪の町である。ポオの『ランダーの別荘』も『アルンハイムの地所』も、それから谷崎潤一郎の『金色の死』も、すべて金に飽かして美しい町を作り上げる話だけれども、朔太郎の場合は、たまたま「繁華な美しい町」に出会う。

私は幻燈を見るやうな思ひをしながら、次第に町の方へ近付いて行つた。そしてとうとう、自分でその幻燈の中へ這入つて行つた。

孤独な窃視者による幻想空間の構築、夢想の実現である。そこでなにが起きたか。

見れば町の街路に充満して、猫の大集団がうようよと歩いて居るのだ。猫、猫、猫、猫、猫、猫、猫。

猫を七回も繰り返している。「どこを見ても猫ばかりだ」と。猫をある種の群集として見ているとも言えるかもしれない。朔太郎は群集に好意を持つと同時に反撥し嫌悪しさえする。猫は朔太郎の好きな動物だったかもしれないが、それはアンビヴァレントな感情の対象である。猫は、懐かしさをかきたてると同時に、他者性、集団性、フロイト的不気味《ウンハイムリッヒ》なものの象徴でもある。

ところで乱歩は、この『猫町』がある小説に似ていると書いている。

萩原朔太郎の「猫町」を敷衍すると、ブラックウッドの「古き魔術」になる。「古き魔術」を一篇の詩に省略すると「猫町」になる。私はこの長短二つの作品を、なぜか非常に愛するものである。

イギリスの小説家アルジャーノン・ブラックウッドの『古き魔術』(一九〇八年)は、旅人がある町のなかに紛れこんだら猫だらけだったという話で、確かに『猫町』ととてもよく似ている。朔太郎がブラックウッドを読んだという証拠はない。雑誌『新青年』には海外の怪奇小説が数多く訳出掲載されたが、ブラックウッドのこの小説の翻訳はない。翻訳は、ずっとあとのことである。乱歩は英語で海外のものをどんどん読んでいたが、朔太郎については確かなことが言えない。類似は偶然のものとみなしておくほかはない。

ところが乱歩は、こんなことも言っている。

私は嘗つて「陰獣」という小説を書いたが、「陰獣」とは猫のことであって、決して淫獣また艶獣と同義語ではない。（中略）猫町とはこの陰獣の町なのである。

驚くべき発言である。もとより、そもそも猫が「陰獣」であるにしても、乱歩の『陰獣』は女性犯罪者を主人公とする小説だから、それ自体は猫とは関係がない。乱歩は、「若し私が独身者であったならば、無数の猫を飼って」いたかもしれないなどと述懐しているが、朔太郎の『猫町』を「陰獣の町」と呼ぶのは、いささか修辞が過ぎると言うべきだろう。

いずれにせよ、二人の孤独な窃視者が、奇しくも猫という問題において一致した。彼らの夢想がいみじくも猫に収斂したと見ることができるかもしれない。

本稿は、前橋文学館での萩原朔太郎生誕一三〇年記念特別企画展「パノラマ・ジオラマ・グロテスク——江戸川乱歩と萩原朔太郎」の「記念イベント」のひとつとして二〇一六年十一月五日に行なわれた私の講演をもとに、新たに書き下ろしたものである。なお、同名の講演そのものの記録は、展覧会カタログとは別に、『前橋文学館報』第44号（二〇一八年三月）に掲載されていることをお断りしておく。

夢野久作のエロ・グロ・ナンセンス

1

夢野久作が、大正十五年（一九二六年）に雑誌『新青年』の懸賞に『あやかしの鼓』で応募、二等に入選して本格的に作家としてデビューする以前に、杉山萠円の名で関東大震災後の東京の風俗をルポルタージュした『東京人の堕落時代』は、この福岡県出身の作家の資質を考える上で欠かすことのできぬ資料である。

「東京人は今や甚だしい堕落時代を作つて居る。西洋風、支那風、日本風のあらゆる意味で堕落腐敗し糜爛して行きつゝある」と書き出すこのルポルタージュは、その「堕落腐敗」の「各方面の徴候」を仔細にあげつらうべく、大正十四年に『九州日報』に七十九回にわたって連載されたものだが、ここでいう「各方面」とは、女優、女医、未亡人下宿屋、看護婦、女店員、タイピスト、女車掌、「醜業婦」といった職業婦人、あるいは上流婦人、あるいは不良少女など、要するにあらゆる階層にわたる女性たちにほかならず、「徴候」とは、端的に性的頽廃のことなのである。彼女たちのうちに「秘密フィルムの流行」「変態性欲用具」「消えゆく処女美」「同性愛の新傾向」を探り、あるいは「最新式の色魔業」や「色魔学のイロハ」にウンチクを傾け、さらには「反り女に屈み男」の時代の到来を予告するこのルポルタージュは、もっぱら性風俗の観点から女性という特権的対象の差異化を狙うその犀利な筆致によって無類の読物たりえている。

夢野久作は、昭和四年（一九二九年）の「ナンセンス」なるエッセイにおいて、「探偵趣味」とか「猟奇趣味」とかいう言葉が「甚だアイマイ」で「意味がハッキリわからない」と書いているけれども、いやどうして、小説家として立つ以前に、彼はみずからの「探偵趣味」あるいは「猟奇趣味」とでもいうほかはないものを、ジャーナリズムの制約内で実践的に満足させていたようにも思われる。時あたかも、いわゆる「エロ・グロ・ナンセンス」時代の前夜であった。

明治二十三年（一八九〇年）五月に上野パノラマ館がオープンしたのに引き続き、浅草に同月、日本パノラマ館がオープンし、十一月にはいわゆる十二階、凌雲閣が完成したあたりから、浅草は特異な遊興空間としての存在感を強めていく。ちなみに萩原朔太郎は、「浅草」（大正十四年／一九二五年）なるエッセイにおいて、すでにいささか回顧的に、浅草の提供する「安価な快楽」、「浅草の活動写真！」、「毒々しいペンキの看板絵！」に言及し、またことあるごとにパノラマ館の思い出を語っている。その浅草に、「カジノ・ド・パリ」と「フォリー・ベルジェール」の二劇場の名をつなぎあわせた、その名も「カジノ・フォリー」なる「日本最初のレビュー劇場」ができたのが昭和四年（一九二九年）。同年から翌年にかけて『朝日新聞』に連載された川端康成の『浅草紅団』によって名実ともに認知されることになった浅草風俗を、西条八十作詞「新東京行進曲」が、

きのうチャンバラ
きょうエロ・レビュー
モダン浅草、ナンセンス

と歌ったのも、この頃のことである。『新青年』は昭和二年に「なんせんす号」を組み、梅原北明（この稀代の破天荒な人物については野坂昭如の小説『好色の魂』一九六八年、参照）は昭和三年

に雑誌『グロテスク』を創刊し、龍膽寺雄は昭和五年に小説『街のナンセンス』を出した。要するに「エロ・グロ・ナンセンス」という表現が流行したのが昭和五、六年頃、「エロ・グロ・ナンセンス」時代とは、幅をとって昭和の初め十年間くらいということになろうか。

『新青年』を中心に「エロ・グロ・ナンセンス」と形容するほかはない小説が続々と生産されたのも、もとよりこの時期であった。江戸川乱歩は大正十四年の『屋根裏の散歩者』『人間椅子』に始まり、『火星の運河』『鏡地獄』『パノラマ島奇譚』『一寸法師』『陰獣』『芋虫』『孤島の鬼』『押絵と旅する男』『蟲』『猟奇の果』、そして昭和六年の『盲獣』にいたるまで、「エロ・グロ」度の強い作品を次々に発表し、斯界の押しも押されぬ領袖になった。夢野のいう「同性愛の新傾向」をいちはやく採り入れた谷崎潤一郎の『卍《まんじ》』が書かれたのが、昭和三年から五年にかけてである。さらに、水谷準『恋人を喰べる話』(大正十五年)、葛山二郎『股から覗く』(昭和二年)、小酒井不木『死体蠟燭』(二年)、海野十三『生きている腸』(二年)、『三人の双生児』(十年)、瀬下耽『柘榴病』(二年)、渡辺温『可哀相な姉』(二年)、妹尾アキ夫『恋人を食う』(三年)、『本牧のヴィナス』(四年)、米田三星『生きている皮膚』(六年)、渡辺啓助『地獄横丁』(八年)、大下宇陀児『血妖』(七年)、『義眼』(九年)、木々高太郎『網膜脈視症』(九年)、横溝正史『鬼火』(十年)、『蔵の中』(十年)、そして蘭郁二郎『魔像』

（十一年）と思いつくままに列挙してみれば、昭和初期の十年間ほどが、風俗においてのみならず文学的想像界においても、いかにまぎれもなく「エロ・グロ・ナンセンス」の時代であったかが了解されよう。

夢野久作の『東京人の堕落時代』は、大正十五年の『あやかしの鼓』から昭和十年の『ドグラ・マグラ』にいたる、中央文壇における彼自身の活躍の時期と正確に重なるこの時代をいわば先取りすると同時に、たんなる性風俗ルポを超えた、作家ならではの「エロ・グロ・ナンセンス」のありようを多少とも垣間見せるものであったといっていい。差異化された対象の列挙とその卓抜な描写力は、『いなか、の、じけん』（昭和二―四年）や『少女地獄』（昭和十一年、死後刊行）に端的に引き継がれ、また警視庁から借り出されたという「不良少女」の手紙を長々と引用するその引用癖は、『少女地獄』に収められた「殺人リレー」と題する「女車掌」たちの物語を直接に構成するばかりか、さらには『ドグラ・マグラ』における二重三重の「堂廻目眩《どうめぐりめぐらみ》」を演出することにもなるが、しかしなんといっても印象的なのは、たとえば「二匹の白い蛾」と題する次のような文章であろう。

或る女学生が、不良行為をやって警察に引つぱられて行く途中で、懐中からマッチ箱を出してソツと棄てた。刑事が気付いて拾つて見ると、中には一枚の厚紙があつて、雄雌二匹の白い蛾が、生き乍ら二本のピンで止められて、ブルブルふるへて居た……。……孕み女の腹を裂かせてニツコリと笑つた支那の古王妃の気持ち――それを近代式にデリケートにした気持ちを味はひつゝ、某女学生は二匹の白い蛾を生き乍らピンで突き刺したのではあるまいか。其二匹がブルブルとふるへつつも離れ得ぬ苦しみをマッチ箱に封じて、懐に入れて、独りほゝゑんで居たのではあるまいか。さうして、此頃の若い女性の胸にあふるゝ「性」のなやみの、云ふに云はれぬ深刻さ、残忍さ、堪へ難さ、弱々しさが、其処にありくとあらはれて居るのではあるまいか。

事実とも虚構ともつかぬ特異な話題への眼差し、「女学生」という特権的対象への執着、現象を解釈し忖度してそれを「性」へと還元する態度、そしてなによりも対象に距離を置いて一種の「客観性」を持するストイシズム……。ここに夢野久作ならではの特徴がすでに十分に見てとれるといっても間違いないのではあるまいか。

夢野久作は、昭和十年に「探偵小説の正体」「探偵小説の真使命」「甲賀三郎氏に答う」など、『ドグラ・マグラ』に結集するみずからの「探偵小説」のアポロギアともいうべき文章を相次いで書いた。そこで彼は、「エロ、グロ、ノンセンス、ユウモア等の謎々以外の風味を含ませるのは探偵小説の邪道、堕落道である」と断言しつつ、さらにこう述べている。

昔の芸術は衣裳美の礼讃を以て能事終れりとした。それが更に進んで、その衣裳を剝ぎ取った肉体美の鑑賞を事とする近代芸術にまで進化した。それが現代——すなわち探偵小説時代に入っては更に進んで、その肉体を切り裂き、臓腑を引き出し、骸骨を寸断し、血液から糞尿まで分析し、検鏡して、その怪奇美、醜悪美を暴露し、戦慄しようとしているのである。

2

夢野久作が、「怪奇美、醜悪美」、あるいは「グロ味、エロ味の変態美」などという言葉によって、探偵小説一般というよりはむしろ自分自身の作品の質を指示しようとした、ちょうど同じ昭和十年に、江戸川乱歩は奇しくも「郷愁としてのグロテスク」なる短文を発表している。

乱歩はこう書き起こしている。「グロテスクは、人類にとっては太古のトーテム芸術への郷愁であり、個人にとっては幼年時代の鬼や獅子頭《ししがしら》への甘き郷愁ではないであろうか。いずれにもせよ、グロテスクの美は「今」と現実とからは全くかけ離れた夢と詩の世界のものである」と。はなはだロマン派的とも、あるいはむしろ精神分析的ともいいうるようなグロテスク観というほかはないが、ちなみに乱歩は翌昭和十一年に再び「郷愁」という言葉を用いて、「残虐への郷愁」というエッセイを発表している。これはとりわけ「狂画家大蘇芳年《たいそよしとし》」の「無惨絵」を論じたものだが、そこで乱歩はやはりこんなふうに書いている。「僕にとって、それは遥かなる郷愁としてであって、夢の世界にだけ現れて来る、あの抑圧された太古への憬がれとしてであって、全く現実のものではない」。「郷愁」とは、してみれば乱歩にとって、人類の精神の古層へのおのずからなる志向性のようなものであって、それはときとして「夢と詩の世界」に顕現するほかはないものであるということらしい。

「トーテム芸術への郷愁」という表現の的確性の有無はさておき、乱歩がいずれにせよグロテスクの「太古」性に言及したのは、次のように述べられる歴史的認識にもとづくものであったろう。「地下深く埋没されていた古代建築の壁模様から名付けられたこの言葉の起源そのものに、すでに人類の郷愁が含まれてはいなかったか。ラファエルをしてそのグロッタ絵を建築の装飾模様に応用せしめたものは、巨匠の怪奇と神秘への郷愁ではなかったか」。ネロ帝のドムス・アウレア（黄金宮殿）の地下のグロッタ（洞窟）の壁に発見された異様な装飾模様を、十六世紀初頭にラファエッロらが採用・展開し、それがフォンテーヌブローや、次いでフランドルにまで流布していく歴史的経緯を、乱歩がしっかり押さえた上で発言していることはほぼ明らかだ。グロテスクの美術史的展開については、たとえばアンドレ・シャステルの『グロテスクなもの』（一九八八年、『グロテスクの系譜』永澤峻訳、ちくま学芸文庫）に詳らかだが、ここではグロテスクなるものが基本的に植物的な線の戯れのうちにそれが動物や人間などのさまざまな種に変容・接続・増殖する異様な「雑種《ハイブリッド》」模様であるという点だけを確認しておくことにしよう。

ところで乱歩は、「グロテスクの甘き郷愁」を感じることができるものとして、「国宝の宗教美術から地獄極楽の見世物に至るまで」、あるいはまた『神曲』や『ファウスト』や『マクベス』などの歴史的作品から現代怪奇小説に至るまで」、さらには「パン神、サテュール、西洋中世の宗教画の悪魔、東洋の地獄絵、ムンクの怪奇画、写楽や暁斎の版画、初期人形芝居、大南北の恐怖劇、馬琴、京伝の怪奇物語、泉目吉の生き人形、下っては場末の覗きカラクリの押絵看板」を挙げている。

さらに乱歩は、西洋近世の小説として、ポオの諸作品、エーヴェルスの『プラーグの大学生』、スティヴンスンの『ジキル博士とハイド氏』、シェリー夫人の『フランケンシュタイン』などの作品、マーク・トゥエイン、ホフマン、アーサー・マッケンの名などを挙げ、そして明治以後の日本文学では、広津柳浪、泉鏡花、谷崎潤一郎、芥川龍之介の名に言及しつつ、「猫のように刺のある真赤な舌を持つ怪青年の物語」すなわち『悪魔の舌』（大正四年／一九一五年）を書いた村山槐多を「日本グロテスク派」の代表として挙げている。

ところが、ここで注意すべきは、乱歩が「日本現代の怪奇作家」のうちで「グロテスクの甘さと恐ろしさと滑稽味とを、やや体得している人々」として、横溝正史、妹尾アキ夫、渡辺啓助、葛山二郎、瀬下耽の五名に言及しているだけで、すでにほとんどの代表作を発表し終った夢野久作には少しも触れていないことだ。乱歩は久作の「グロ味、エロ味の変態美」を認めていないらしいのである。このことは、のちに乱歩が発表した「グロテスクとエロティシズム」（昭和二十三年／一九四八年）なるエッセイの主旨と関係しているのだろうか。そこで乱歩は、「一体グロテスクという言葉は所謂「グロ」というような下品なものではない」、そして「エロティシズムについても同じことが云える。これは云うまでもなくギリシア神話のエロスから出た言葉で、プラトン哲学の究極はこのエロスにある。……勿論所謂「エロ」

というような下品な意味のものではない」と述べ、そしてこう結論している。「大衆の好みが前述のように所謂エロ・グロにあるからと云って、それを助長することは大いに戒心しなければならぬ」と。

しかし、乱歩が久作の「グロ味、エロ味の変態美」を「大衆の好み」と等し並に一緒くたにしているとは、もとよりありそうもないことだ。乱歩の久作評価を振り返ってみよう。乱歩は、「『押絵の奇蹟』読後」（昭和四年）、「夢野久作氏」（昭和四年）、「夢野君余談」（昭和十一年）、「夢野久作君のこと」（昭和十一年）、「夢野久作氏とその作品」（昭和十二年）と、何度も夢野久作に触れ、後輩作家をむしろ暖かく見守り続けていたといっていいが、ここでは久作の死（昭和十一年）後に発表された「夢野久作君のこと」の一節を引用することにしよう。「夢野君の探偵小説に初めて接したのは、大正十五年『新青年』の懸賞募集に入選した『あやかしの鼓』であった。私は当時の選者の一人であったが、他の選者が推賞しているこの作を、私だけがけなしたことを記憶している。夢野君の怒りをかっていたのに違いない。これは多分夢野君と私との「狂気」というものの感じ方が相違していたせいだと思う。最近本になった千枚の長篇『ドグラ・マグラ』についても同じことが云える。私にはああいう扱いの狂気文学を理解することが出来ない」。

乱歩が久作のデビュー作といっていい『あやかしの鼓』にきわめて否定的でありながら、『押絵の奇蹟』には「本当に参ってしまった」と幾度もほめそやしたこと、他にも『人の顔』『瓶詰地獄』『死後の恋』『鉄槌』『氷の涯』などを高く評価したことはよく知られているが、ほかならぬ『ドグラ・マグラ』に収斂するともいうべき久作の「狂気文学」、その「変態美」にはいっかななじめなかったようだ。乱歩にとって「グロテスクの美」は「郷愁」の対象として「夢と詩の世界」のものであったのに対し、久作にとっては「怪奇美、醜悪美」は「暴露」「戦慄」されるべきものであったところに根本的な違いがあるというべきだろうか。

3

夢野久作にとって、少なくとも「グロ味」は「夢と詩の世界」のものではなかった。『近世快人伝』（昭和十年）のなかで、「グロの方ではコンナ傑作がある」として挙げている例に、頭山満のサナダ虫事件がある。ちなみに、頭山満は久作の父・杉山茂丸が所属していた国家主義的団体・玄洋社の総帥である。大阪市長に会いに行って応接室で延々と待たされた頭山満が、自分の尻の穴からサナダ虫の断片を引っぱり出しては、目の前にある火鉢の縁に二まわり半ほど並べたところへ、やっと出てきた市長がそれを掌にくっつけて、それがサナダ虫だと聞いて襖の蔭に転がりこんだまま出てこなかったという話。いささか辟易せざるをえないこうしたエピソードを飄々として処理してしまうところに、久作のいわば持ち味があった。

それが物語になると、たとえば『いなか、の、じけん』に収められた「花嫁の舌喰い」のような形をとることになる。「お不動様」が乗り移ったと称する男が、その噂を聞いて集まった信心家たちのなかから「紅化粧した別嬪」をさし招き、舌を出させて、「不意にパクリとその舌を頬張ると、ズルリズルリとしゃぶり始め」、「突然にその舌を根元からプッツリと嚙み切って、ダルダルと嚥み込んでしまった」という話。もとより「女は悶絶したまま息が絶えた」が、男を取り調べてみると、その脳髄が梅毒に冒されていることがわかった。夢野久作はこう結んでいる。「この事実がわかるとその村の不動様信心がその後パッタリと止んだ。不動様を信仰すると梅毒になるというので……」。「グロ味」の「ナンセンス」化とでもいうべきだろうか。乱歩になかったのは、この資質だったような気がする。「ナンセンス」は、夢野久作において、『難船小僧』や『呑仙士』や、あるいはまた頭山満のうちに現実的な「平々凡々なノンセンス振り」の形をとって具体化したりするけれども、いずれにせよそれは多くの場合直接的な「エロ味」「グロ味」を対象化し、それらを超越する恰好の装置として機能したのである。

　しかし、江戸川乱歩と夢野久作のそれぞれの資質をより端的に対比するとすれば、こういうふうにいえるのではなかろうか。乱歩の「猟奇趣味」がもっぱら人間の個別的身体のレベルに定位されたのに対し、久作のそれは種《しゅ》としての人間に向けられた、と。乱歩の「エロ・グロ」が視姦者ないし窃視者に特有のものであるとすれば、久作のそれはいわば哲学者のものであったといってもいい。乱歩は、グロテスクの「太古」性を強調し、それを「郷愁」の対象としたけれども、グロテスク模様そのものの異様な「雑種」性、増殖性について言及することはなかった。「変格」の領袖のように位置づけられながら、逆説的にもつねに「本格」を志向し続けたこの探偵小説作家は、どんなに「グロ味、エロ味」の強い作品を書いても、個としての人間という範疇を出ることはなかった。たとえば『芋虫』や『孤島の鬼』における異形の人間たちにしても、それはやはりなお個別的身体のレベルにとどまっていたというべきだろう。奇形性や皮膚感覚に対するオブセッションによってしばしば特徴づけられる乱歩の「猟奇性」が、あくまでも主体の欲望に関わっているのに対し、久作のそれは個別的主体の欲望に還元されぬ、それを突き抜けた別のところへ向かっていたともいえるだろう。

　そしてそのことは、「狂気」に対する両者の眼差しの違いにも関係してくるのではあるまいか。乱歩は、「夢野久作氏とその作品」（講演速記）のなかで、こう語っている。「私は夢野君のこの狂気を主題とした作品だけは、どうもよく分らないのでありますが、これは或は私の方が狂気というものをよく知らない為かと思いますが、若し云い得可くんば、夢野君の書かれた狂気の世界は、狂人自身が書いた狂気の世界で、文学者が書いた狂気の世界ではないようなところがある」と。狂気じみた犯罪者をあくまでも理知的に構成した「文学者」乱歩には、久作の「狂気文学」はまるで「狂人自身が書いた狂気の世界」以外のなにものにも映らなかったということだろうか。

「グロテスク」に関する細かな議論に立ち入る余裕はないが、ヴォルフガング・カイザーのいまや古典的となった著書『グロテスクなもの』（一九五七年、竹内豊治訳、法政大学出版局）の概念整理からひとつだけ借用していえば、夢野久作の「グロ味、エロ味の変態美」、あるいはまた「狂気」は、要するに非人称的なものへのより徹底した眼差しによって特徴づけられると見ていいだろう。

そのことを象徴的に表現するのが、妊娠や胎児に対する彼のまぎれもないオブセッションであると思う。すでに「二匹の白い蛾」において久作は、「孕み女の腹を裂かせてニツコリと笑つた支那の古王妃の気持ち」に言及していたが、『いなか、の、じけん』に収められた

「郵便局」においても、「死んだ赤子の片足を半分ばかり生み出したまま苦悶しいしい絶息した」白痴の娘を扱っているし、『笑う唖女』（昭和十年）においても、「大きく膨張した自分の下腹《したはら》部を指しながら」相手の男の結婚式にやってくる「唖女」を描いている。乱歩には見られないといっていいこの種のオブセッションは、『猟奇歌』（昭和三―十年）においては、端的に次のような形をとって現われる。

水の底で
胎児は生きて動いてゐる
母体は魚に喰はれてゐるのに

蛇の群れを生ませたならば
……なぞ思ふ
取りすましてゐる少女を見つゝ

唖の女が

口から赤ん坊生んだゲナ
その子の父の袖をとらへて

妊娠した彼女を思ひ
唾液を吐く
黄色い月がさしのぼる時

母の腹から
髪毛と歯だけが切り出された
さぞ無念な事であつたらう

さて、このように見てくるなら、

胎児よ胎児よ何故踊る　母親の
心がわかっておそろしいのか

という巻頭歌で始まるあの『ドグラ・マグラ』が、作家・夢野久作の文字どおりのライフ・ワークにほかならぬことは明らかだろう。みずから「之を書く為に生きて来た」と言明した夢野久作は、奇しくも発表の翌昭和十一年に急死することになるが、登場人物のひとり若林博士に、「科学趣味、猟奇趣味、色情表現《エロチシズム》、探偵趣味、ノンセンス味、神秘趣味なぞというものが、全篇の隅々まで百パーセントに重なり合っている」と自己言及的にいわしめたこの小説は、まさに個のレベルを超えた非人称的なものが主役を演じる作品にほかならない。

九州帝国大学精神病科教室の正木敬之博士こそが、この物語の真の黒幕というべき存在だが、その博士のテーゼのひとつ「脳髄は物を考える処に非ず」は、明らかにアンリ・ベルクソンの『物質と記憶』(一八九六年)の論点のひとつの応用である。これも個のレベルを超えた非人称的なものへの方位を用意する卓抜な知的意匠にほかならなかった。しかしなんといっても、この物語の思想的核心は、同じ正木博士による「胎児の夢」論であろう。「人間の胎児は、母の胎内にいる十ヵ月の間に一つの夢を見ている。その夢は胎児自身が主役となって演出するところの「万有進化の実況」とも題すべき、数億年、乃至、数百億年に亙るであろう恐るべき長尺の連続映画のようなものである」というのがその骨子だが、これもまた「個体発生は系統発生を繰り返す」という進化論的テーゼの夢野流の展開にほかならない。

それにしても久作の「夢」は、あの乱歩の「夢」となんと位相を異にしていることであろう。「人間の胎児が、母の胎内で見て来る先祖代々の進化の夢の中で、一番よけいに見るのは悪夢でなければならぬ」というのである。

母親の胎内で胎児が成長する間に、魚—水陸両棲類—獣……と進化の各段階を反復し、あるいは胎児が進化の各段階を夢のかたちで反復する話と、「色と形との透きとおるほどに洗練された純美な調和を表現している美人の剝《む》き身が、少しずつ少しずつ明るみを失って、仄暗く、気味わるく変化して、ついには浅ましく爛れ破れて、みるみる乱脈な凄惨《むご》たらしい姿におちいって行く」様を描いた六体の腐敗美人像の話とは、個としての人間のレベルを超えたあの非人称的なものを問題にしているかぎりにおいて、さほどの径庭はない。「自我忘失症」の青年が、みずからのアイデンティティの追求、「自我」探しの果てに、時間というもっとも非人称的な虚無のうちに空しく呑みこまれるのも、けだし当然といえば当然の事態であった。

夢野久作は、「エロ・グロ・ナンセンス」という時代の言葉でみずからの「探偵小説」を指示しつつ、そしてたしかに時代と深く関わりながらも、しかし時代をはるかに突き抜けたその非人称的なるものへの眼差しによって、余人の及ばぬ宇宙を創造しえたのである。

谷崎潤一郎　女の図像学

1

谷崎潤一郎の小説において、「女」はどんなふうに表象されているだろうか。

処女作『刺青』（明治四十三年／一九一〇年）から『瘋癲老人日記』（昭和三十八年／一九六三年）にいたる半世紀間に及ぶその作家生活において、なんといってもまず目につくのは、女の足への執着である。『刺青』は、「真つ白な女の素足」へのこだわりから始まる。「この足こそは、やがて男の生血に肥え太り、男のむくろを踏みつける足であつた。この足を持つ女こそは、彼が永年《ながねん》たづねあぐんだ、女の中の女であらうと思はれた」。

女の肉体の部分への眼差し。谷崎のこの執着は、ちなみに川端康成の「二の腕」へのそれと対比的である。川端にとって、女の美しさは、その「片腕」に、「二の腕のふくらみ」に象徴されるのであり、対するに男の醜さは、『みづうみ』（昭和二十八年／一九五三年）の桃井銀平の「猿みたいな足」に象徴されるのである。

しかし谷崎には、翻って男のほうに回帰する眼差しはない。ただひたすら女へ向けられる眼差しだけがある。それは、『母を戀ふる記』（大正八年／一九一九年）における、夢のなかの妖怪じみた「母」の幻影についても同様である。「ぱたり、ぱたりと、草履を挙げて歩く度毎に、舐めてもいいと思はれるほど真白な足の裏が見える。狐だか人間だかまだ正體は分からないが、肌は紛ふべくもない人間の皮膚である」。「肌」と「皮膚」とを使い分ける、じつに問題的《プロブレマティック》な表現で、これをどのように外国語に翻訳するのか、しうるのか、わからない。「肌」は、対他的・対自的な、つまりは性的に開かれた多少とも意識的な存在であって、「皮膚」の即物性とは位相を異にするからだ。いずれにせよ、谷崎は『富美子の足』（大正八年）を経て、ついには『瘋癲老人日記』の「拓本」へと至る。「ソノ拓本ニモトヅイテ、颯チャンノ足ノ仏足石ヲ作ル。僕ガ死ンダラ骨ヲソノ石ノ下ニ埋メテ貰ウ。コレガホントノ大往生ダ」。

まぎれもない足フェティシズム。だがこれが同時に「白のフェティシズム」でもあることに注意しなければならない。女の足は、それが白いという絶対的条件のもとで、初めて執着の対象となる。谷崎におけるこの「白のフェティシズム」の委細をまずは辿ることにしよう。最初に大正六年（一九一七年）に発表された短篇『人魚の嘆き』を採り上げる。これは、同じ年に発表された『魔術師』と併せ、春陽堂から単行本として大正八年に刊行されたが［図1］、そこには水島爾保布《におう》の流麗な挿絵が二十点余り掲げられていた［図2、3、4、5、6］。水嶋爾保布は、大正から昭和にかけて、日本画、挿絵、漫画、さらには随筆にいたるまで才筆をふるった人である。それらの挿絵は中公文庫版『人魚の嘆き・魔術師』（初版、一九七八年）によって確認することができるが、一目瞭然、オーブリー・ビアズレーの版画を彷彿とさせる作品群といわざるをえない。ところが爾保布の息子で、『光の塔』（一九六二年）などで著名な日本SF界の長老たる今日泊亜蘭《きょうどまりあらん》は、こんなふうに証言している（『幻想文学』第二十二号、一九八八年四月）。

親父がビアズレイの影響でああした絵を描いたという説がありますが、それは誤解です。ビアズレイなんか知らなかったですよ。おそらく谷崎あたりが、ビアズレイの絵によく似てるとか言ったのが元じゃないですか。親父は別にビアズレイを模倣したわけでも、自分で似てるとも思っていませんでしたね。ただ、あの人は西洋の本の挿絵などもよく見ていたようですから、そういったもので、ビアズレイのものも自分ではそうとも知らずに見ていたかもしれません。

真相はどこにあるのだろうか。実際、水島爾保布が描いた日本画の《人魚》［図7］などは、ビアズレーの名前を持ちだすことにためらいを覚えざるをえない、むしろアーノルト・ベックリンやフランツ・フォン・シュトゥックを想起させるといってもいい、はなはだ官能的な、肉感的ですらある作品である。

谷崎は当の人魚をどんなふうに叙述していたのだろうか。「地上の美味と美色とに飽きて、現実を離れた、奇しく怪しい幻の美を求めて居る」南京の貴公子は、ひとりの西洋人が運んできた人魚の姿に「人間よりも神に近い美しさ」を見出す。『刺青』に垣間見えた白のフェティシズムは、ここで初めて完全な表現を与えられることになるだろう。

就中《なかんづく》、最も貴公子の眼を驚かし、最も貴公子の心を蕩《とろ》かしたものは、実に彼の女の純白な、一点の濁りもない、皓潔無垢な皮膚の色でした。白いと云ふ形容詞では、とても説明し難いほど真白な、肌の光澤でした。其れは余りに白過ぎる為めに、白いと云ふより「照り輝

1

2

3

4

5

6

7

8

9

く」と云つた方が適当なくらゐで、全体の皮膚の表面が、瞳のやうに光つて居るのです。何か、彼の女の骨の中に発光体が隠されて居て、皓々たる月の光に似たものを、肉の裏から放射するのではあるまいかと、訝しまれる程の白さなのです。

肌の白さへのフェティッシュな執着は、白人憧憬・白人崇拝に直結する。「多くの女が敦《いづ》れも人魚と同じやうな、白い肌と、青い瞳と、均整な肢体の幾分づつを具備して」いる欧羅巴へと、くだんの貴公子は旅立つことになるだろう。

ちなみに、『天鵞絨《びろうど》の夢』（大正八年／一九一九年）は、しかし同じ支那のなかにあってひとりの少女を人魚化する話である。広壮な屋敷に閉じこめられて「人魚」役を演じていた少女は、なによりもその肌の白さにおいて際立つ。警察の調書には、こうある。

その容貌は円顔にして、木目《きめ》細やかに、瞳大きく唇厚くして紅く純呼たる支那種の女子なれども、四肢の発達極めて健全に見事なる均整を持ち、殆ど欧州種の女子と異ならず。且つその皮膚の色も白皙にして驚くべき光澤を含みたり。

『人魚の嘆き』と『天鵞絨の夢』とは、対《つい》をなすわけだ。女の肌の理想的な白さを「人魚」に象徴化した小説家は、しかもその背後に西洋の存在を垣間見せることを忘れてはいない。これら二つの短篇においては、舞台を支那に設定することで、日本と支那、支那と西洋というように、二重の距離化、疎隔化がはかられているが、いずれにせよ白のフェティシズムにとって、西洋人はつねにプロブレマティックな存在であり続けるだろう。

ところで、『人魚の嘆き』のなかに、こんな言葉がある。

たとへばあの、ビアヅレエの描いた"The Dancer's Reward"と云ふ画題の中にあるサロメのやうな、悽惨な苦笑ひを見せて、頻りに喉を鳴らしつゝ次ぎの一杯を促すのです。

今日泊亜蘭は、「あの本の挿絵は、谷崎潤一郎本人から描いてくれという話がきたんです」と語っており、そして谷崎みずからがこうしてビアズレーの名を挙げていることで、水島爾保布の挿絵がビアズレーの版画といやおうなく似るほかはないであろうことが要請され、また正当化されているというほかはない。「模倣」はしなかったのかもしれないが、やはり爾保布は、どこまで自覚的であったかはともかく、ビアズレーの作品を参考にしたのではあるまいか。

　それればかりでなく、ここでサロメの名に触れられることで、谷崎の人魚がヨーロッパ世紀末のサロメの図像学の圏域に収まる態のものであることも暗示されている。ギュスターヴ・モローが《サロメ》の主題にこだわって何点もの作品を制作したのは、一八七五年から七六年にかけてだが、J・K・ユイスマンスは、その『さかしま』（一八八四年）のなかで、主人公デ・ゼッサントが手に入れたという二点のモロー作品《サロメ》と《まぼろし》に触れている。オスカー・ワイルドはその『ドリアン・グレイの肖像』（一八九一年）において、いうところの「黄色い本」、すなわち『さかしま』の影響を強く受けてそれが書かれたこと、というよりユイスマンスの小説と自分のそれとがあたかも合わせ鏡のような関係を取り結んでいることを隠していないが、戯曲『サロメ』（一八九三年）によって、直接にサロメの図像学に参与することになった。この戯曲は、パリで活躍する女優サラ・ベルナールを想定してフランス語で書かれたが、結局ワイルドの夢は実現しなかった。ヴィクトリア朝のイギリスでも上演をはかろうと、これを英訳したのが、作者ワイルド自身ではなく、その助手でまた愛人でもあったアルフレッド・ダグラスで、これがビアズレーの挿絵付きで一八九四年に刊行されたわけである。ビアズレー二十二歳の折である。

谷崎自身が英語文献によく当たっていたばかりでなく、谷崎の弟・精二が英文学者で、しかも本邦におけるワイルドの紹介者でもあったことに注意しておいてもいいかもしれない。いずれにせよ、谷崎が具体的に作品名を挙げた“The Dancer's Reward”〔図8〕（福田恆存訳では「舞姫の褒美」）というのは、血まみれのヨカナーンの首をサロメがその髪を摑んでまさに持ち上げようとしているところを表したものである。谷崎の人魚は、そのサロメのような「凄惨な苦笑ひ」を見せたというわけだが、ちなみにその人魚が頻りに欲しがった「次ぎの一杯」というのが紹興酒であるというのだから、なんとも微笑《ほほえ》ましいではないか。

谷崎がサロメの名を挙げたのには、松井須磨子がワイルドのサロメ（中村吉藏訳）を演じて評判を取ったことも関係しているのかもしれない〔図9〕。記録によれば、松井須磨子は大正二年（一九一三年）十二月に帝国劇場で、大正四年四月に再び帝国劇場で、大正五年四月から五月に明治座で、そして同年十月に浅草常盤座でサロメを演じている。松井須磨子は、いわゆるスペイン風邪で大正七年十一月五日に急死した愛人島村抱月の後を追って、その二カ月後、大正八年一月五日にみずから命を絶つが、谷崎の書物は、奇しくも同じ年の八月に刊行されたのだった。

さて、くだんの紹興酒を飲んだ人魚が、次のように語ることに注意したい。

……私は今、あなたが恵んで下すつた一杯の酒の力を借りて、漸う人間の言葉を語る通力を恢復しました。――私の故郷は、和蘭人の話したやうに、欧羅巴の地中海にあるのです。あなたが此の後、西洋へ入らつしやることがあるとしたら、必ず南欧の伊太利と云ふ、美しいうちにも殊に美しい、絵のやうな景色の国をお訪ねなさるでせう。その折もし、船に乗つてメッシナの海峡を過ぎ、ナポリの港の沖合をお通りになることがあつたら、其の辺こそ我れ我れ人魚の一族が、古くから棲息して居る処なのです。

人魚の故郷が「ナポリの港の沖合」であるというこの言葉は、もとよりひとり谷崎の創意によるわけではなく、遥かホメーロスの『オデュッセイア』にまで遡る、ヨーロッパにおける人魚にまつわる伝承のうちに見てとれるものだが、高畠華宵の描いた絵のなかにも《ナポリの海》（昭和五年／一九三〇年）というタイトルの作品があることに注意したい。高畠華宵は、大正から昭和にかけて妖艶な美少年・美少女の類型的表現を確立した立役者だが、まるで谷崎の後追いをするかのように、大正十五年（一九二六年）に《サロメ》［図10］、《銀鱗》［図11］、《海の幻想》［図12］といった作品を雑誌『少女画報』に発表した。そしてやや遅れて、《ナポ

10

11

12

13

リの海》〔図13〕という、これも人魚を主題とした絵を発表したわけである。

サロメも人魚も、ヨーロッパ世紀末美学における「ファム・ファタル（宿命の女）」の具体的形象にほかならない。高畠華宵の描く女たちは、ファム・ファタルというにはいささか可憐に過ぎるかもしれないが、日本の大正期は、そうした世紀末的想像圏に独特のかたちで関与していたといわなければならないだろう。

2

谷崎が大正十四年（一九二五年）に刊行した『痴人の愛』を主題化することにしよう。「白のフェティシズム」が「日本人離れの美学」と私が呼ぶところのものと手を結ぶ次第が臆面もなく表現された特筆すべき小説だからである。

大正十四年という年は、関東大震災の二年後に当たる。谷崎は、大正十二年九月一日、箱根滞在中に震災に遭い、九月下旬にはもう家族とともに横浜から関西に移住している。蘆屋、京都、六甲などを転々として、大正十三年に兵庫県武庫郡本山村岡本に落ち着き、そこで『痴人の愛』を執筆することになる。

大正十三年には、ちなみに吉屋信子の『花物語』が刊行されている。大正五年から十三年まで『少女画報』に連載された五十篇余りの短篇を集成したものである。高畠華宵が挿絵によって三白眼の美しい少女像を定着させたとすれば、吉屋信子は筆の力によって花のように可憐な少女たちの姿を紡ぎ出したといえるだろう。

大正十四年は、しかしまた江戸川乱歩が、『屋根裏の散歩者』や『人間椅子』といった猟奇的な探偵小説を発表した年でもある。夢野久作が、震災後のルポルタージュとして『九州日報』に七十九回にわたって『東京人の堕落時代』を連載したのも、同じ大正十四年だった。

『痴人の愛』は、語り手の河合譲治が、十五歳の少女ナオミを引き取って、理想の女に、「西洋人の前へ出ても恥かしくないやうなレディ」に仕立て上げるという一種のピグマリオニズムの物語である。譲治はナオミに翻弄され続けるが、それというのも彼女が「西洋人のやうな」「混血児《あひのこ》みたいな」「日本人離れ」した姿態をした「淫婦」にほかならないことがますます明らかになるからだが、やはりなによりもその「淫婦の肌」の白さが問題であるわけだ。たとえばこんな一節。

ナオミは今しも、風呂の帰りに戸外の風に吹かれて来たので、湯上り姿の最も美しい瞬間にゐました。その脆弱な、うすい皮膚は、まだ水蒸気を含みながらも真つ白に冴え、着物の襟に隠れてゐる胸のあたりには、水彩画の絵の具のやうな紫色の影があります。

白のフェティシズム……。ただナオミの白い肌を、肉体を、姿態の美しさだけを讃美するこの物語は、「ナオミは今年二十三で私は三十六になります」、というまことに卓抜な一文で終わる。たわいないといえばじつにたわいない、『東京人の堕落時代』の夢野久作流にいえば「反り女と屈み男」の物語かもしれないが、しかしこのたわいなさは谷崎のすべての小説に通じるものである。表層の美への執着に少しも心を動かされないなら、谷崎の小説は読むことができないだろう。

ところで、この小説のなかで、アメリカの映画女優たちの名前がしきりに引かれる。それは、「ナオミは大変活動写真が好きでしたから、公休日には私と一緒に公園の館を覗きに行つた」という事実が前提にあるわけだが（ここで「公園」とは浅草公園のことである）、「西洋人のやうな」、「西洋人臭い」、「混血児《あひのこ》みたい」、「ヤンキー好みの」といった言葉で形容されるナオミのありようが、スクリーンを通した「西洋人」の姿と重ね合わされるわけである。たとえば、譲治のこんなセリフがある。

「ナオミよ、ナオミよ、私のメリー・ピクフォードよ、お前は何と云ふ釣合の取れた、いゝ体つきをしてゐるのだ。お前のそのしなやかな腕はどうだ。その真つ直ぐな、まるで男の子のやうにすっきりした脚はどうだ」と、私は思はず心の中で叫びました［図14、15、16］。

ちなみに、メリー・ピクフォード主演の峡画『鷲の友』（一九一四年）は日本では一九一八年、大正七年に封切られている。あるいは、「有名な水泳の達人ケラーマン嬢」についての言及もある。ハーバート・ブレノン監督の映画『Neptune's Daughter（水神の娘）』（一九一四年）で人魚の役を演じた、オーストラリア出身のアネット・ケラーマンのことである［図17、18］。この映画は日本で一九一七年、大正六年に封切られている。

14

15

16

17

18

「ナオミちゃん、ちよいとケラーマンの真似をして御覧」と、私が云ふと、彼女は砂浜に突つ立つて、両手を空にかざしながら、「飛び込み」の形をして見せたものですが、そんな場合に両腿をぴつたり合はせると、脚と脚との間には寸分の隙もなく、腰から下が足頸を頂点にした一つの細長い三角形を描くのでした。

こうして言及される「活動写真」の女優の名前は枚挙に暇《いとま》がないほどである。ピナ・メニケリ〔図19〕、ジェラルディン・ファーラ〔図20〕、プリシラ・ディーン〔図21〕、グロリア・スワンソン〔図22〕、ポーラ・ネグリ〔図23〕、ピーブ・ダニエル〔図24〕（正しくはダニエルズだが）……。それぞれが、眼の使い方とか、頭の束ね方とか、眸とか、猛り立ったり、乙に気取ったりしたところとか、その仕草や肉体の部分がナオミとの接点として挙げられるわけだが、いずれにせよ、「何しろお前は日本人離れがしてゐるんだから」というナオミの、日本人であることのうちに内在化された他者性の具体的形象にほかならない。

このナオミが葉山三千子〔図25、26〕をモデルにしているという説がある。谷崎は大正四年（一九一五年）に石川千代子と結婚したが、葉山三千子は、その妹石川せい子の芸名である。大正九年（一九二〇年）に谷崎の原作シナリオをもとに、映画『アマチュア倶楽部』が作られ

20

19

22

21

24

23

26

25

たが、葉山三千子はこの映画で主役を演じた。谷崎の三千子への熱の入れ方は尋常ではなく、妻千代子をめぐって佐藤春夫と軋轢を生じ、結局谷崎は昭和五年（一九三〇年）に千代子と離婚し、そして千代子は佐藤春夫と結婚するにいたる。あまりに有名なエピソードだが、谷崎は現実には翌昭和六年に古川丁未子と内祝言を上げ、八年には別居し、十年に協議離婚している。最愛の女・根津松子と同棲を始めたのは昭和九年、丁未子との離婚成立後に松子と結婚した。いずれにせよ、葉山三千子の写真とピクフォードやケラーマンの写真と並べ比べてみると、さもありなんという気にもなる。谷崎は、ごく身近な葉山三千子という日本人に、しかもおそらくは映画のスクリーンという場《トポス》に上げるからこそいっそう「日本人離れ」の具体的形象を見ていたことになるだろう。

谷崎潤一郎と映画について、ここであらためて考えてみよう。谷崎は大正九年（一九二〇年）四月に大正活動写真株式会社（のち大正活映と改称）が設立されるにあたり、脚本部顧問として招聘された。同年十一月には、アメリカで映画を学んだトーマス栗原（栗原喜三郎）監督と組んで制作した前述の『アマチュア倶楽部』が封切られた。そして十二月はもう第二作『葛飾砂子』が公開されている。谷崎は、翌大正十年に『雛祭りの夜』と『蛇性の婬』の二本の脚本を担当したあと、同年十一月には大正活映から離れている。映画への具体的関与は、結局一年半に過ぎなかったわけである。

とはいえ、谷崎はこうした実際の映画製作に関わる前から、映画に深い関心を寄せていた。たとえば、「活動写真の現在と将来」という大正六年のエッセイにおいて、彼は「活動写真」、すなわち映画について、その記録性、複製性、広汎性、反復性、具体性、写実性を長所として挙げ、そして特にクロース・アップの有用性を説いている。クロース・アップの強調は、ベラ・バラージュの映画論『視覚的人間』の論点の中心をなすものとして有名だが、これは一九二四年、大正十三年刊行の著作であり、この点に関するかぎり、谷崎のほうが七年先駆しているのである。

それればかりではない。谷崎は、明治四十四年（一九一一年）の『秘密』に映画を登場させて以降、『独探』（大正四年／一九一五年）や『人面疽』（大正七年／一九一八年）といった短篇小説において、映画を重要なモチーフとして用いている。とりわけ『人面疽』の映画化は谷崎の悲願であったようだが、結局これは実現しなかった。『人面疽』の主人公・女優歌川百合枝は、来たるべきナオミのありようを予告し、あるいはまた葉山三千子をなにがしか暗示するかのように、こう描写されている。「欧米の女優の間に伍してもをさをさ劣らない、たつぷりとした滑らかな肢體と、西洋流の嬌態に東洋風の清楚を加味した美貌とが、早くから同胞の活動通に注意されて居た」と。

『痴人の愛』では、映画は、ただ譲治とナオミが頻繁に観に通い、あるいはそこに登場する女優たちとナオミが重ね合わされるというかたちでしか言及されないが、しかしこの小説には谷崎の映画的想像力、あるいはむしろ映像的想像力とでもいうべきものの祖型が見てとれるように思う。それは、たとえばこんな一節である。

さうです。私は特に『肉体』と云ひます。なぜならそれは彼女の皮膚や、歯や、唇や、髪や、瞳や、その他あらゆる姿態の美しさであつて、決してそこには精神的の何物もなかつたのですから。

カメラが女の肉体の各部分をクロース・アップしながら、その表面を舐めるように移動するという映画の運動性は、ここには明らさまに記述されてはいない。静的《スタティック》な肉体の表層的部分の描写があるだけだ。映画的というよりはむしろ写真的と云ったほうが適切だろう。谷崎は譲治に端的にこんなふうに語らせている。

私は心も狂ほしくなり、口惜しまぎれに地団太を踏み、なほも日記を繰つて行くと、まだ〳〵写真が幾色となく出てきました。その撮り方はだん〳〵微に入り、細を穿つて、部分々々を大写しにして、鼻の形、眼の形、唇の形、指の形、腕の曲線、肩の曲線、背筋の曲線、脚の曲線、手頸《てくび》、足頸《あしくび》、肘、膝頭《ひざがしら》、足の蹠《うら》までも写してあり、さながら希臘《ギリシャ》の彫刻か奈良の仏像か何かを扱ふやうにしてあるのです。こゝに至つてナオミの体は全くの芸術品と成り、私の眼には実際奈良の仏像以上に完璧なものであるかと思はれ、それをしみ〴〵眺めてゐると、宗教的な感激さへが湧いて来るやうになるのでした。

肉体の「部分々々」を「大写し《クロースアップ》」し、それらの集積がギリシア彫刻か奈良の仏像のごとき、あるいはそれ以上の「芸術品」を思わせるという、想像力の特異なありようがここに示唆されている。

『痴人の愛』刊行の翌年、大正十五年（一九二六年）に谷崎は『青塚氏の話』を発表した。『痴人の愛』に垣間見えた映像的想像力の問題を、谷崎はここで映画を主題にして徹底的に追求している。

いささか異様な話である。若い映画監督の中田進は、「健康で運動好きで、そのしなやかな体には野蛮と云つてもいいくらいな逞しい精力が溢れて」いる女優の深町由良子と結婚し、「映画の女優なんて、芸より美貌と肢体なのだ」という考えのもと、彼女を主役に何本もの映画を撮るが、その彼の前に「四十格好の上品な紳士が」現われ、こう言う。「左様、君は由良子嬢の亭主だ。そこで僕は亭主と僕とどっちが由良子嬢の体の地理に通じてゐるか、そいつを確かめてみたいといふ希望を持つてゐるんだよ」。「体の地理」――男は由良子の肉体の各部分を、それを撮影監督した夫以上に執拗に的確に描写し始める。「あの絵には由良子嬢の体の中で、今までフィルムに一度も現れなかつた部分が二箇所写されてゐたと思ふね。君はあの絵で、始めて由良子嬢の臍《へそ》を見せたね」という具合。この臍がポーラ・ネグリの臍に似ているというわけだが、もう一箇所は「足の裏」である。男はこうして由良子の肉体の各部分、肩、項《うなじ》、頸《くび》、喉《のど》、背中、肩甲骨《けんこうこつ》、背筋、臀《しり》、脇腹、腕、指、腿……と、ひたすら表層的な、つまりは映像的な「地理」あるいは「地図」を描出していく。「どうだね君、僕はまるで参謀本部の地図のやうに明細に、どこに山がありどこに川があるかといふことを一々洩れなく絵に画けるんだよ。君は亭主だといふけれども、こんなに精密に暗記してゐるかね」。

男の話に圧倒され、薄気味悪くなった中田は、所詮男の知っているのは「フィルムの中の幻影」であり、実体ではないと思おうとする。「影を愛してゐる男」と「実体を愛してゐる男」とは決定的に違うのだと。ところが男は、中田の思いを見透かすように、こう言う。「僕の推測に誤りがなければ、多分君はかう思つてゐるだらう、僕の愛してゐるのは影だ、君の愛してゐるのは実体だ、だからそんなことはてんで問題になるはずはないといふ風に」。そして男はこう続ける。「いいかね、君、こいつを君は忘れてはいけない、君の女房も実体だらうが、フィルムの中のも独立したる実体だといふことを」。さらにはこうも言う。「結局かういふことが云えないだらうか——フィルムの中の由良子嬢こそ実体であつて、君の女房はかえつてそれの影であるといふことが？」。

影と実体をめぐる議論は、こうしてまるでプラトン的イデア論のような様相を帯びていく。つまり、現実の由良子嬢のその都度の姿、肉体の各部分は、幻影《ファンタスマ》であり、そうした幻影《ファンタスマ》の彼方に真の「実体」たる由良子のイデア的原像が存在するのだという。「ある永久な一人の女性」、すなわち「『由良子型』といふ一つの不変な実体がある」というわけである。ナオミの肉体の部分の「大写し」の写真の集積が、譲治に完璧な芸術品を思わせたように、あるいはすでに大正七年（一九一八年）の『金と銀』において、語り手の男に、「自分の頭の中に住んで居る幻の彼女が真実の栄子であつて、此の世に住んで居る彼女は、本物の栄子を悪くした擬い物ではないだらうか」といわせていたように、谷崎はここでついに「由良子型」というはなはだプラトン的なイデア的原像を持ち出してくる。

そして男は自分の「脳裏に住んでゐる」「由良子型」を「原型」として、ありとあらゆる淫らな形をした人形の製作に打ちこむというわけである。イデア的原像たる「由良子型」の「典型」が、それ自体幻影《ファンタスマ》の様相を帯びた人形という物質的形態に頽落してしまうというのが、この話のオチというべきかもしれない。

3

さて、もう一度『痴人の愛』に戻ることにしよう。いささか注目すべき一節があるからだ。それは、ナオミの白さが「白皙人種の婦人」の白さに負ける場面である。映画の女優たちの姿をとってそれまで見え隠れしていた西洋人の女が、いまやナオミのダンスの先生、露西亜人のシュレムスカヤ夫人として具現し、その「白い手」によって譲治を圧倒する。

そして何よりもナオミと違つてゐたところは、その皮膚の色の異常な白さです。白い下にうすい紫の血管が、大理石の斑紋を想はせるやうに、ほんのり透いて見える凄艶さです。私は今迄、ナオミの手をおもちやにしながら、「お前の手は実にきれいだ、まるで西洋人の手のやうに白いね」と、よくさう云つて褒めたものですが、斯うして見ると、残念ながらやつぱり違ひます。白いやうでもナオミの白さは冴えてゐない、いや、一旦此の手を見たあとではどす黒くさへ思はれます。

譲治とシュレムスカヤ夫人との距離は、しかしそれ以上に縮まるわけではない。彼女はあくまでも讃仰の対象であって、現実的な欲望を喚起するにはいたらない。理想は理想のままにとどめおくといった風情で、譲治は「どす黒くさへ思はれ」るナオミの手に、あるいはナオミの肌に嫌気がさすわけではない。シュレムスカヤ夫人の「白い手」は、まさに天上のイデアのように束の間その輝かしい姿を垣間見せながら、物語の進展そのものには実際に関与せず、「その皮膚の異常な白さ」は、いわば神棚に祀《まつ》られたままである。

谷崎は、昭和十四年（一九三九年）に『陰翳礼讃』を刊行する。独創的な日本的美意識論だが、その淵源の一端は、すでに『痴人の愛』の次のような一節にあると見ることもできる。

普通の場合「夜」と「暗黒」とは附き物ですけれど、私は常に「夜」を思ふと、ナオミの肌の「白さ」を連想しないではゐられませんでした。それは真つ昼間の、隈《くま》なく明るい「白さ」とは違つて、汚れた、きたない、垢だらけな布団の中の、云はば襤褸《ぼろ》に包まれた「白さ」であるだけ、余計私を惹きつけました。

ここには、たとえば『人魚の嘆き』に典型的に見られたような直線的な、単線的なとさえ言いうる白のフェティシズムと微妙に異なる嗜好がある。白のフェティシズムに、いわば「陰翳《かげ》」がさしてきたのだ。その「陰翳」をネガティヴなものとしてでなく、あたうかぎりポジティヴなものとして文化論にまで敷衍するとき、『陰翳礼讃』という作品が成立する。すべては、「肌」あるいは「肌理《きめ》」の問題に収斂するはずだ。たとえば、「唐紙や和紙の肌《き》理《め》」について、谷崎はこう語っている。

同じ白いのでも、西洋紙の白さと奉書や白唐紙の白さとは違ふ。西洋紙の肌は光線を撥ね返すやうな趣きがあるが、奉書や唐紙の肌は、柔らかい初雪のやうに、ふつくらと光線を中へ吸ひ取る。さうして手ざはりがしなやかであり、折つても畳んでも音を立てない。

これはたんに紙の話にすぎないのではない。『陰翳礼讃』において俎上にのせられる例は、すべて「肌」の変奏にほかならない。議論は、さしあたって次のようなかたちに集約される。

われ〳〵とても昔から肌が黒いよりは白い方を貴いとし、美しいともしたことだけれども、それでも白皙人種の白さとわれ〳〵の白さとは何処か違ふ。一人々々に接近して見れば、西洋人よりも白い日本人があり、日本人より黒い西洋人があるやうだけれども、その白さや黒さの工合が違ふ。……日本人のはどんなに白くとも、白い中に微かな翳りがある。……ちやうど清冽な水の底に在る汚物が、高い所から見下ろすとよく分るやうに、それが分る。殊に指の股だとか、小鼻の周囲だとか、襟頸だとか、背筋だとかに、どす黒い、埃の溜つたやうな隈が出来る。ところが西洋人の方は、表面が濁つてゐるやうでも底が明るく透きとほつてゐて、體ぢゆうの何処にもさう云ふ薄汚い蔭がささない。頭の先から指の先まで、交り気がなく冴え〳〵と白い。

まことに辛辣な観察ではある。ナオミのあの「どす黒くさへ思はれ」る肌は、ここで全面的に否定されているようにも見える。なにせ肌の「翳り」が「汚物」や「埃」にさえたとえられるのであるから。

『陰翳礼讃』というエッセイのおもしろさは、しかし、その一見否定的に言及される肌の翳りを、そっくりそのまま肯定へと転じてしまうところにある。やたらに白く輝くものよりは、「ふっくらと光線を中へ吸ひ取る」もののほうが良い、要するに、西洋人の肌よりは日本人の肌のほうが良いわけだ。これは理屈というよりは、いわば開き直りにも似た態度表明と言うべきだろう。こうして「ピカピカするもの」「真つ白なもの」「ケバケバしいもの」が等し並に貶められることになる。

「陰翳」は、しかし、日本人の肌の底に潜む「翳り」だけを、あるいは和紙のような個別的な品々の肌理や肌合いだけを指して言われる言葉ではない。「肌」の底に潜む「翳り」は、また同時に「闇」として外在化され、その「闇」に包まれることによって「肌」の白さが際立つのだ。「陰翳」は、内に潜むだけではない、外から包みもするわけである。

内に潜む翳りを闇として外在化し、その闇に潜むことによってかえって白さを際立たせるというこの弁証法的転換を、谷崎は「闇の理法」と呼ぶ。『陰翳礼讃』は、いうなれば「闇の理法」の書にほかならない。それは、負を正とするところの屈折した美意識の産物であると言ってもいいだろう。それは、「白のフェティシズム」のこの国におけるありうべき究極の姿なのかもしれない。

われ〳〵の先祖は、明るい大地の上下四方を仕切つて先づ陰翳の世界を作り、その闇の奥に女人を籠らせて、それを此の世で一番色の白い人間と思ひ込んでゐたのであらう。肌の白さが最高の女性美に欠くべからざる條件であるなら、われ〳〵としてはさうするより仕方がないのだし、それで差支へない訳である。

まるで映画館の闇のなかでスクリーン上に白く浮かび上る女人を窃視するように、と言いたくなるほどである。黒髪も鉄漿《おはぐろ》も眉毛を剃り落とすことも、あるいは玉虫色に光る青い口紅をつけることも、女の「白い顔」を生み出すための「闇の理法」である。

私は、蘭燈のゆらめく蔭で若い女があの鬼火のやうな青い唇からとき〴〵黒漆色の歯を光らせてはほゝえんでゐるさまを思ふと、それ以上の白い顔を考へることが出来ない。少なくとも私が脳裏に描く幻影の世界では、どんな白人の女の白さよりも白い。白人の白さは、透明な、分かり切つた、有りふれた白さだが、それは一種人間離れのした白さだ。

衣装からわずかに顔と手足だけを白く浮き上らせた人形のような女。衣装は、それ自体、身体を包み隠す闇にほかならないが、さらにそれを本物の闇が包む。そして浮き上がったその顔も小さな闇をはらむ。この究極のイメージの一例を、たとえば『蓼喰ふ蟲』（昭和四年／一九二九年）のなかの、要《かなめ》の妻の父親の連れる「人形のやうな女」お久のうちに見てとれるかもしれない。人形浄瑠璃『心中天の網島』の小春が、「日本人の傳統の中にある『永遠の女性』のおもかげ」であるとすれば、「小春と共通のものゝあるのが感ぜられ」るお久もまたあのイデア的原像のようなものかもしれない。谷崎は要の眼を通してこう書いている。

……たぶんお久と云ふものが或る特定な一人の女ではなく、むしろ一つのタイプであるやうに考へられてゐたからであった。事実要《かなめ》は老人に仕へてゐるお久でなくとも「お久」でさへあればいいであらう。彼の私《ひそ》かに思ひをよせてゐる「お久」は、或はここにゐるお久よりも一層お久らしい「お久」であらう。事に依つたらさう云ふ「お久」は人形より外に

27

28

29

30

はないかも知れない。

一つの「タイプ」つまり「原型」が、ここでも人形に具現化される可能性が積極的に暗示されているようだ。谷崎は、この小説の最後をお久の顔で終わらせている。

襖《ふすま》が開いて、五六冊の和本を抱へた人の、人形ならぬほのじろい顔が萌黄の闇の彼方《あなた》に据わつた。

ちなみに、谷崎のこうした表現からおのずと想起される女性像に近いものとして、甲斐庄楠音が大正七年（一九一八年）に発表した《横櫛》［図27］のような作品があると言ってもいいだろう。京都で開かれた第一回国画創作協会展、いわゆる国展で評判を取った日本画である。このとき同時に岡本神草の《口紅》［図28］も異彩を放ち、その絵葉書が飛ぶように売れたと伝えられる。当時の若者たちは、とりわけ甲斐庄楠音の作品〔図29、30〕が、谷崎潤一郎のデカダンス文学の世界にそっくりだといって感動したようである（栗田勇『女人讃歌——甲斐庄楠音の生涯』新潮社、一九八七年）が、いずれにせよ甲斐庄も岡本も、谷崎的な想像圏に多かれ少なかれ巻き込まれていたと見て差し支えないだろう。二人の若い画家は、あるいはみずからはっきりと意識することなく谷崎的女性像を紡ぎ出し、そして来たるべき『陰翳礼讃』の世界観を先取りしていたのかもしれない。しかし、谷崎自身が、『陰翳礼讃』を執筆するに際し、彼らの作品を少しでも思い浮かべたことがあるかどうか、それについては確かなことはわからないと言うほかない。

いずれにせよ、谷崎潤一郎における「日本人離れ」の美学は、一見日本回帰の様相を呈するかに見えながら、しかしじつのところさほどの偏差もなく、その「白のフェティシズム」を貫いたと言っていいだろう。「闇の理法」は、それを可能にするための卓抜な概念装置にほかならなかった。

映画『狂った一頁』と新感覚派　覚書

1

衣笠貞之助監督の映画『狂った一頁』が封切られたのは、大正十五年（一九二六年）九月二十四日、新宿武蔵野館においてである。日本映画史上画期的な作品と位置づけられるこの作品には、横光利一や川端康成らを含む「新感覚派映画聯盟」が関わっていた。が、映画といわゆる新感覚派とは具体的にどういう関係にあったのか。映画と文学という異ジャンルがどんなふうに結びつきえたのか、あるいは映画という新興芸術が文学にどんな影響を与えたのか、そうしたことを覚書ふうにまとめておきたい。

まず、田中純一郎『日本映画発達史Ⅱ　無声からトーキーへ』（中公文庫、一九七五年）の記述を引いておこう。

「狂った一頁」は、大正十五年五月上旬から撮影にかかった。横光利一、川端康成の二人は京都の宿屋に泊まりこんでシナリオの構成に夜を徹し、俳優はセットの壁を塗り、移動車を押し、小道具の作成に手を貸した。衣笠はこの撮影中スタジオの作業部屋に泊まって、ある時は四十度近い高熱に苦しみ、悪寒に全身をふるわせつつも、撮影を続行した。虱をわかして、休憩になると日向に出ては、シャツを乾した。苦闘一ヵ月で、映画が出来た。その封切交渉のため、衣笠は単身上京した。封切りの目標を、東京の洋画封切館に求めた衣笠の理想は、料金の点でなかなか折りあわず、完成後の四ヶ月もたってから、ようやく一週間千五百円で、新宿武蔵野館が使ってくれることになり、徳川夢声の説明と決まった。京都に残っていた同志たちは、極度の貧乏と闘いながらも、思わず万歳を叫んだ。

この映画に至るまでの衣笠貞之助の前歴がなかなか面白い。彼の『わが映画の青春　日本映画史の一側面』（中公新書、一九七七年）によれば、二十代初め、彼は小井上春之輔という芸名の新派の女形だったのだ。いくつかの一座に出ていた彼に声がかかって、日活の向島撮影所に俳優として通うようになり、トルストイ原作の田中栄三監督『生ける屍』（大正七年）に

おけるサーシャ役をはじめ、日活で都合四十四本の映画に出演したという。すべて女形としてである。衣笠貞之助という芸名は、この俳優時代からのものだが、「貞之助は実名、衣笠は京都の衣笠山が見える下宿にいたので、何の気なく思いついた」という。大正十一年、日活を辞して「衣笠貞之助一座」を結成、名古屋で興行していたときにマキノ映画の主催者牧野省三から監督として待遇するという誘いがかかった。一座は解散、衣笠はこのマキノキネマ株式会社で三十本ほどの映画を撮ったという。沢田正二郎主役の『月形半平太』（大正十四年）もそのひとつである。

同年、その衣笠が横光利一の小説『日輪』を映画化することになって、二人の関係ができた。「ここで『日輪』にわたしが関係したことがきっかけとなって、横光利一さんを知り、後のわたしの『狂った一頁』へとつづくことになる」、と衣笠は書いている。『日輪』は横光が大正十二年に発表した、古代邪馬台国を舞台に卑弥呼を主人公とする歴史小説である。ギュスターヴ・フローベールの小説の邦訳『サランボオ』が生田長江訳で大正二年に出ていることから、その影響が指摘されているが、これは間違いないだろう。古代ローマとカルタゴとのポエニ戦争を背景に、カルタゴの将軍の娘で巫女めいたサランボーの悲恋を描いたフローベールの小説と、卑弥呼と男たちとの確執を描いた横光の小説とは、物語の長さと密度の違いは否定すべくもないとはいえ、まぎれもなく類似している。衣笠がこの小説を具体的にどのように映画化したのか興味の尽きないところだが、残念ながら私はそれを観る機会を持てずにいる。いまこの作品を観ることはそもそもできないのかもしれない。わずか十三日間で撮影を完了したということこの映画について、衣笠はこう証言している。

映画はともかく完成し封切られたが、時代が戦前の、大正十四年ということもあって、その頃の右翼のあるグループが、この映画に目をつけて、告訴さわぎを起した。なにしろ卑弥呼が神功皇后かもしれないという説があった時代のことだから、それを映画にするのは不敬だとでもいうのであろう。屋根の様式が伊勢神宮に類似するのは皇室を冒瀆する、といったような抗議内容であった。矢おもてに立たされた牧野さんは、めんどうがって、即時上映中止ときめてけりをつけたが、その後ともかく難点とおぼしいところをカットして上映したらしく、地方の常設館で見たことがあるという人もあった。

衣笠は、しかし翌大正十五年四月、マキノを退いて独立、衣笠映画聯盟を創設した。ちょうど三十歳だった。そして彼はみずからの新作のために誰よりもまず横光利一に協力を仰いだ。衣笠はこう証言している。

横光さんは、さっそく『文藝時代』の同人である川端康成・片岡鉄兵・池谷信三郎・岸田国士といった人々を集めてくれて、積極的にこの映画の計画にのってくれることとなった。なにしろ、三十五歳だった岸田さんが最年長で、ほかはみなわたしと同年輩の青年であり、しかも対象が新興芸術としてひろく知識人の関心を集めていた映画とあって、横光さんたちの熱の入れようも、なみなみのものではなかった。

『文藝時代』は、大正十三年十月号を創刊号とする同人雑誌である。「この映画」というのが、ほかならぬ『狂った一頁』のことになるわけだが、それは最終的にそのようにまとまったので、衣笠に言わせれば「なかなか妙案が浮かんでこな」かった。「その時、ふとわたしの頭に、あるヒントが浮んだ。ひとつ、どこかの精神病院を見学してこようという考えである。なぜか、そこからなにか劇がひらけてゆくような予感がした」。こうして彼は東京世田谷の松沢病院を訪れる。有名な「葦原将軍」がいた時代である。

葦原金次郎は二十四歳頃から精神を病み、明治十五年（一八八二年）に明治天皇への直訴未遂事件を起こして巣鴨病院に強制入院させられたが、「将軍」として世間に忌憚のない発言を繰り返し、それが「葦原将軍のお言葉」として新聞紙上に掲載されるにいたって一挙に有名人になった。彼は大正八年（一九一九年）巣鴨病院から松沢病院へ転院し、昭和十二年（一九三七年）に死去した。享年八十五。じつに五十六年間精神病院に暮らしていたわけである。

衣笠は、院内をくまなく案内され、「狂気の患者の生態」をつぶさに見ることができた。彼はこう書いている。

見てきたこれらの患者の百態を思いかえして、わたしはその一人一人に深い興味をもった。人間のこの狂気の姿を背景に、何かドラマは成り立たないものか。その夜、横光さんや川端さんに、今日見てきた精神病院の話をしながら、相談した。

手元にある『日本映画シナリオ古典全集　第一巻』（キネマ旬報社、一九六六年）に収められた『狂った一頁』のシナリオに添えられた衣笠の文章「『狂った一頁』前後」には、「松沢脳病院」を訪れたくだりはこんなふうに書かれている。

幾棟かに隔離された病棟には、施療あり、重患あり。水風呂に入っている者、一糸まとわぬ若い女、鉄板の個室の真中に突っ立って、虚ろな眼で空間を見つめている老女。自分の糞尿に、細かく引裂いた浴衣をかけ、小切れで隅々まで拭き掃除している男。大の字に寝ている者、封筒をそ知らぬ顔で張っている者、個室の中を、何かを口走りながら歩き廻っている者など、気の毒で、二目とは見られなかった。当時、有名な誇大妄想狂、葦原将軍は、二、三十人もいる大部屋の隣りの三畳で、四、五匹の子猫を飼っていた。

衣笠は、「ふとわたしの頭に、あるヒントが浮んだ」という、そのきっかけとして、精神病にかかっていると噂される「ある高貴な方の一行」を駅頭で見かけたことに言及しているが、どういうわけかすでに一九二一年、大正十年五月に日本公開されていたロベルト・ヴィーネ監督のサイレント映画『カリガリ博士』（一九二〇年）、あるいはフリードリヒ・ヴィルヘルム・ムルナウ監督のサイレント映画『最後の人』（一九二四年）についてはいっさい触れていない。とりわけ狂気と夢遊病をモチーフとするドイツ表現主義の画期的作品『カリガリ博士』が、衣笠の念頭に少しもなかったとは考えにくい。『狂った一頁』は、そうした表現主義的文脈で語られるのが常なので、衣笠はあえてそれに触れることを避けたのかもしれない。いずれにせよ、「ついに、それでいこうということになり、その時いちばん手の空いていた川端さんが、脚本に協力してくれることになった」というわけである。

こうして「新感覚派映画聯盟」は大正十五年五月五日に旗上げしたことになっているが、これは報知新聞の芸能記者が「新感覚派」にちなんで勝手に命名したものらしく、要は映画製作に協力した横光、川端らを含む新たな衣笠映画聯盟の体制を指すだけのことである。そしてこの「聯盟」は、ただ『狂った一頁』一作の製作に関係しただけなのである。なお、「その時いちばん手の空いていた川端さんが、脚本に協力してくれることになった」というのは、当時横光利一が転地療養をしていた妻の看病をしていたこともあり、映画製作に密接に関わる時間的余裕がなかったという事実が背景にあるがゆえの言葉であろう。してみれば、

冒頭に挙げた田中純一郎の「横光利一、川端康成の二人は京都の宿屋に泊まりこんでシナリオの構成に夜を徹し」という言葉も、いささか割り引いて聞いておく必要があろう。

京都下賀茂の撮影所での情景を、衣笠はたとえばこんなふうに描写している。

> 精神病院のセットを組み、壁の部分を日本紙で下張りをし、その上に絵具でなく銀粉をぬる。この反射でライトは少し助かる。しかし、それでは立体感も雰囲気も出ないので、舞台のほうでいうヨゴシの方法で然るべく墨色のボカシをつけてゆく。近所の銭湯から、油煙《ゆえん》をもらって来て、みんなで手分けしてぬる。刷毛でなく両手ですりこむほうがうまくゆく。

衣笠によれば、撮影を始めたとき、シナリオの第一稿はまだ完成していなかった。「いつも私が言うように、脚本がほんとに完成するのは、映画ができてからである。この時も、実際には、例によって撮影をすすめながら脚本をつくってゆくという感じであった」、と衣笠は書き、さらに全体が括弧付きのこんな文章を続けている。

念のため書き添えておくと、『川端康成全集』に収録されている『狂った一頁』のシナリオは、撮影が上ってのち、メモを持ちよって犬塚君や沢田君などと書きあげたものを、川端さんが目を通し、文章をなおし加筆して、『映画時代』という文藝春秋社の雑誌に、川端さんの名で掲載されたもので、雑誌に発表した時は末尾にその旨附記されていた。

衣笠の書き物から漠然と感じられる印象は、横光に比べて川端の存在感のなにか奇妙な稀薄さである。実際、『日本映画シナリオ古典全集』に収められたくだんのシナリオの「脚本」の項には、川端康成、衣笠貞之助、犬塚稔、沢田晩紅の四人の名前が同じ大きさの活字で対等に並べられている。川端の主導性ないし特権性は、このかぎりで少しも認められない。

ところが、「スタッフ」の項には、原作―川端康成、監督―衣笠貞之助、撮影―杉山公平、とある。田中純一郎『日本映画発達史Ⅱ』においては、「原作川端康成。脚色犬塚稔、沢田晩紅。監督衣笠貞之助。撮影杉山公平」というように、「原作」と「脚色」が区別されている。後者のほうが客観的に見えるが、現場の製作者からすればそんな区別は実質的に無効としか言いようがないということだろうか。いずれにせよ、衣笠の書き物から見えてこないのは、川端の「原作」のありようである。この「原作」を前提とした映画製作であったはずだが、衣笠はそれについてなんら言及していないのだ。

ともかくも一時間ほどの長さの映画が一ヶ月で撮り上がった。豪雨の夜の精神病院の情景から始まる。映画の全体は、気が狂って病院に収容されている妻を、井上正夫演じる外国航路の船員あがりの夫が病院の小使いとなって側で見守りながらさまざまな幻覚にとらわれるといった筋書きで、武蔵野館で封切られた際には徳川夢声の「説明」付きであったようだが、若干の音楽と効果音は入るものの無声映画であるうえにまったくの字幕なしだから、いまのわれわれにはこうした「筋」は映画を観ながら漠然と推測し、あるいはなんらかの映画外的な情報によって補足するしかないわけである。たとえば衣笠は、「自由をほしいままにした男の背後には、〈家〉を破壊され、犠牲になる妻や子供がいる。妻は狂気となってさらに不幸がつづく。これが劇の背景となっていた。あの頃は、マドロス（船員）というだけでわかってもらえた劇的境遇も、いまとなっては、こんな説明もしておきたくなるのである」と書いている。

最初『狂へる一頁』としていたのを『狂った一頁』と過去形に呼び変えたのも、無字幕での上映を提案したのも、横光利一であったことを衣笠は書きとめている。芸術各ジャンルの固有のメディウムの純粋性を追求するというモダニズム的野心がそこにあったことは間違いないだろう。一九二〇年代のフランスで盛んに言挙げされた「純粋映画」、あるいはドイツ的に言えば「絶対映画」の理念も、横光の提案に影を落としていたと思われる。映像に対しては言葉あるいは物語的「筋」は二次的なもの、あるいは非本質的なものであっていい、あるべきだという考え方である。こうして、光と影のコントラストを強調し、フラッシュバック、オーバーラップ、クロース・アップを多用し、短いカットを連続させる、驚くべき斬新な映像作品が現出した。衣笠は、「いま、この作品を見ると、画面のオーバーラップや二重露出が予想以上に多いのに、われながら少しあきれてしまう」と述懐している。ちなみに江戸川乱歩は、雑誌『探偵趣味』（昭和二年四月号）に、「『狂った一頁』はいろいろ批評もあるようだが、カメラワークの優れた点では何人も異存のない、熱のこもった、息苦しいほどの名作であった」と書いている。

2

しかし、横光利一や川端康成のような言葉遣いたる文学者とこの無字幕の映像作品とはどんなふうに関係しえたのだろうか。そして映画との関わりは彼らの作品にどんな影響を及ぼしているのか。そもそも新感覚派とはなんなのか。

大正十三年に創刊された同人誌『文藝時代』が、新感覚派の実質的な宣言のように位置づけられるのが文学史上の常識である。この創刊号の編集に当たったのは、川端康成と片岡鉄兵の二人だが、しかしその創刊の辞において川端はこう書いている。

取沙汰好きな世間は『文藝時代』の誕生を目して、新進作家の既成作家に対する挑戦だとか、既成文壇破壊運動だとか言つてゐるらしい。しかしそれは我々に取つて、第二第三以下の問題である。

すでに前年大正十二年の『文藝春秋』あたりを舞台に存在感を強めていた「新進作家」を代表しての言葉である。川端はこう続けている。

今日の文壇では既成新進の対立と云ふ言葉が常識になつてしまつたと云つていいであらう。我々はそれを見て徒らに快哉を叫び、脚のない踊子の踊りのやうな姿で既成文壇に石を投げようとするのではない。寧ろさうなることを恐れるのである。しかしながら、この常識は単なる文壇の喧騒で賑やかに飾られてゐるばかりでなく、そこに何かの根強い要求が呼んだ機運が動いてゐることを、我々は感じるのである。その機運に対して、新進作家である我々が責任を感じるのは当然過ぎることである。

前年大正十二年、一九二三年の関東大震災の後にいやおうなく高まった新たな「機運」に乗じた、「新進作家」の一見謙虚だが矜持に満ちた、やはり実質的な宣言とみなしてもさしつかえない言葉というべきだろう。しかしこの時点で、新感覚派という呼称はまだ使われていない。この創刊号に載った横光の短篇『頭ならびに腹』を読んだ批評家千葉亀雄が翌十一月号の『世紀』誌上の文芸時評として「新感覚派の誕生」と書いたときに、この呼称が始まり、一般化したのである。

千葉が特に問題にしたのは、『頭ならびに腹』の冒頭の一節である。

真昼である。特別急行列車は満員のまま全速力で駆けていた。沿線の小駅は石のように黙殺された。

私小説的な、ともすれば陰湿な「私」とはまったく無縁な歯切れのいい文体。「石のように黙殺された」というような斬新な比喩的用法。なにか映画を観ているような、映画的ショットの連続のような物語展開。これが「新感覚派」の誕生となった。

しかしこうした新しさに懐疑的な向きがなかったわけではない。デニス・キーン『モダニスト横光利一』（伊藤悟・井上謙訳、河出書房新社、一九八二年）によれば、批判はほかならぬ『サランボオ』の翻訳者生田長江からいち早く来た。新感覚派なるものは、フランスの作家ポオル・モオランの『夜ひらく』（堀口大学訳、大正十一年）の影響ないし模倣にすぎないというのである。訳者の堀口大学は、その序文において、「理性の論理」に代えるに「感覚の論理」をもってし、特に興味があるとしてモオランの次の一節を引用している。「私の開いた口の中へ、咽喉の奥まで、ダリアの花が一輪とび込んだ。花合戦。花園が空中に浮んで消えた」。軽やかにして鮮やかな、言葉を代えれば軽薄なほどにメタフォリックなこの「感覚の論理」は、確かに横光に似ていなくはない。しかし横光にはモオランの影響ないし模倣だけでみずからの文学的営為を片づけられることには我慢がならなかったようだ。外部から付けられた新感覚派という呼称を、彼は（川端とは違って）みずから主体的に引き受けようとしたと思われる。

大正十四年二月号の『文藝時代』に、横光は『新感覚論』というエッセイを発表した。西洋の哲学的美学的用語を多用したこの晦渋なエッセイは、こう始まる。

芸術的効果の感得と云うものは、われわれがより個性を尊重するとき明瞭に独断的なものである。従って個性を異にするわれわれの感覚的享受もまた、各個の感性的直感の相違によりてなお一段と独断的なものである。それ故に文学上に於ける感覚と云うものは、少なくとも論証的でなく直感的なるが故に分らないものには絶対に分らない。

「分らないものには絶対分らない」けれども、「感覚入門的な独断論を課題としてここで埋草に代えておく」というわけである。

自分の云う感覚と云う概念、即ち新感覚派の感覚的表徴とは、一言で云うと自然の外相を剝奪し、物自体に踊り込む主観の直感的触発物を云う。

物自体などというカント的な言葉を使っているが、これは明らかにカントの用法とは異なる。ここで物自体とはむしろドイツ語のザッハリヒ（即物的）に近いと見るべきだろう。「感覚とは純粋客観から触発された感性的認識の質料の表徴であった」という文からも、そうらしいことが推測されるが、不消化な哲学的美学的語彙に覆われたこのエッセイをあまり忠実に追うのもためらわれる。ただ、「新感覚的表徴は少なくとも悟性によりて内的直感の象徴化《シンボライズ》されたものでなければならぬ」という文には留意したい。そして横光は比較的はっきりした言いまわしでこう書いている。

未来派、立体派、表現派、ダダイズム、象徴派、構成派、如実派のある一部、これらは総て自分は新感覚派に属するものとして認めている。これら新感覚派なるものの感覚を触発する対象は、勿論、行文の語彙と詩とリズムとからであるは云うまでもない。が、それはかりからでは勿論ない。時にはテーマの屈折角度から、時には黙々たる行と行との飛躍の度から、時には筋の進行推移の逆送、反覆、速力から、その他様々な触発状態の姿がある。

ここで如実派とは聞きなれぬ言葉だが、推測するに、これはおそらく新即物主義（ノイエザッハリヒカイト）のことであろう。いずれにせよ、西洋由来のあらゆる芸術流派を包摂して新感覚派と称するというわけである。デニス・キーンは、横光のエッセイに対して、「美学論としては結論のない何とも恰好のつかぬものであり、文学論としても何も明らかにしてくれない」と手厳しい。横光は「感覚派」作家という立場からほど遠い存在であり、「彼の求めているのは象徴主義文学」、つまり「表面的現象を飛び越えて物事の真実をあばいてみせる文学形式」であって、「感覚派文学」なるものとはほとんど正反対なものだと言う。実際、このエッセイの最後のあたりで、横光はこう書いている。

いつまでも自分は感覚と云う言葉を云っていたくない。またそれほどまでに云うべきことでは勿論ない。感覚は所詮感覚的なものにすぎないからだ。だが、感覚のない文学は必然に滅びるにちがいない。恰も感覚的生活がより速に滅びるように。だが感覚のみにその重心を傾けた文学は今に滅びるにちがいない。

つまるところ、問題は小説家の生硬な理論的言説ではなく、その文学的実践のありようだということになるだろう。デニス・キーンは象徴主義文学という文学形式に横光の積極的な文学的志向性を見ようとしたけれども、しかし横光自身が「象徴化」という表現を用い、「象徴派」に言及しているとはいえ、象徴主義という言葉と概念で彼の文学的実践を括ることにはやはり無理があると言わざるをえまい。

横光がこのエッセイの五年後、『狂った一頁』の四年後、昭和五年、一九三〇年に発表した短篇『機械』を見てみよう。新感覚派が議論されるとき、なによりもまず採り上げられる小説である。「初めの間は私は私の家の主人が狂人ではないのかとときどき思った」という一文で始まるこの小説は、ネームプレート製造所での人間関係を扱うが、ほとんど句点なしの一人称の叙述が数頁にわたって改行なしで連続する、明らかに西洋文学流の意識の流れの教えを汲んだ試みである。ここで「機械」というタイトルから、たとえばチャップリンの映画『モダンタイムズ』（一九三六年）におけるような、時計の金属的メカニズムに象徴される機械文明に翻弄される人間を描こうとしているなどと想像してはならない。「機械」という言葉を含む文を拾ってみよう。

いかなる小さなことにも機械のような法則が係数となって実体を計っていることに気附き出した私の唯心的な目醒めの第一歩となって来た。

それにも拘らず私たちの間には一切が明瞭に分っているかのごとき見えざる機械が絶えず私たちを計っていてその計ったままにまた私たちを推し進めてくれているのである。

その間に一つの欠陥が是も確実な機械のように働いていたのである。

私はただ近づいて来る機械の鋭い先尖がじりじり私を狙っているのを感じるだけだ。

してみれば「機械」とは、いかにも工場にふさわしい目に見える金属的実体的なメカニズムを指すというわけではなく、まさに「唯心的」な機制、人間関係を動かし支配する必然的不可避的な心的ダイナミックスとでも言うべきものにほかなるまい。これは、ネームプレート工場に働く人間たちのそうした見えざる「機械」のありようを描出した小説なのだ。そのかぎりで「機械」はまぎれもなく隠喩的表現だが、ところで次の一文に注意しよう。

彼にとっては活動写真が人生最高の教科書で従って探偵劇が彼には現実とどこも変らぬものに見えているので、此のふらりと這入って来た私がそう云う彼にはまた好個の探偵物の材料になって迫っているのも事実なのだ。

「彼」というのは、この工場に以前から働く軽部という名の男のことだが、「活動写真」を「人生最高の教科書」とする彼が、新入りの「私」をあたかも「探偵物」の容疑者であるかのように執拗に監視・詮索するというわけである。活動写真すなわち映画は、ここで「私」ではなく「彼」の側に仮託されているが、しかしこの小説が言葉というメディウムの純粋形式の実験的試みでありながら、じつのところ映画を多分に意識して書かれたらしいことがうかがわれる。「機械」とは機械芸術たる映画から採ってこられた語かもしれないのである。無字幕の映画『狂った一頁』に対して、この小説はまさに字幕だけの映画であると言っていいかもしれない。
　横光がこの「機械」とほぼ同時期に執筆し始め、昭和七年、一九三二年に発表し、昭和十年、一九三五年に修正して再刊した小説『上海』は、植民地都市上海を舞台に、大正十四年（一九二五年）五月三十日事件、労働者たちの総罷業（ゼネラルストライキ）の大混乱を背景とした各階層の人間たちを描いている。横光は実際に一九二八年に上海に滞在しているが、この最初の長篇小説を、いわゆる新感覚派というレッテルにはもはやこだわろうとはせず、むしろそれをみずから脱ぎ捨てんとするかのように執筆したと思しい。とはいえ、そこにはやはり新感覚派ならではの表現が見てとれる。たとえば次のような一節。

　塵埃を浴びて露天の群れは賑っていた。笊《ざる》に盛り上った茹卵《ゆでたまご》。屋台に崩れている鳥の首、腐った豆腐や唐辛子の間の猿廻し。豚の油は絶えず人の足音に慄えていた。口を開けた古靴の群れの中に転げたマンゴ、光った石炭、潰れた卵、膨れた魚の気泡の中を、纒足の婦人がウロウロと廻っていた。

　ちょうどカメラが街角の露天の雑然とした光景を次々とショットに収めるような描写であ

る。物から物へと隣接的に、換言すれば換喩的に視点が移動する。これは『狂った一頁』の脚本の冒頭、「夜。脳病院の屋根。避雷針。豪雨。稲妻。」を想起させないだろうか。要するに映画的なのである。あるいは暴動の群衆を描写するこんな場面。

その勢いに乗じて再び動き始めた群衆は、口々に叫びながら工部局へ向って殺到した。ホースの筒口から射られる水が、群衆を引き裂くと、八方に吹き倒した。人の波の中から街路の切石が一直線に現れた。礫《つぶて》の渦巻が巡邏官の頭の上で捻り飛んだ。高く並んだ建物の窓々から、河のようなガラスの屑が青く輝きながら、墜落した。［中略］街区の空間は今や巨大な熱情のために、膨れ上がった。その膨湃《ぼうはい》とした群衆の膨張力はうす黒い街路のガラスを押し潰しながら、関門へと駆け上ろうとした。

こんな具合に描写は数頁にわたって続くのだが、しかしこの描写の視点は一体どこにあるのか。群衆の動きを上方から俯瞰するカメラにあるとしか言いようがあるまい。読者はまるで映画を観ているように、この光景をいわば目の当たりにするのである。もとよりカメラがパーンしたりクロース・アップするように視点は動くことができる。あるいはモンタージュやフラッシュバックやオーバーラップによって、現在と過去を、知覚と回想を重ね合わせて時間を重層化し、そうして人間関係の（「唯心的な」）細部に入りこむこともできるだろう。だがそれが映像的、とはとりもなおさず表層的であることは免れない。横光の小説に対する批判は、往々にしてこのような映画的特質を積極的にではなく否定的に見るところから来ているのだ。

横光自身もそのあたりのことをおそらくは十分に意識していて、『上海』再刊と同年の昭和十年にエッセイ『純粋小説論』を発表してさらなる展開を計ろうとした。いかにもモダニズムの純粋志向を思わせるタイトルだが、しかし横光の眼目は、「純文学にして通俗小説」たる「純粋小説」の主張にあった。この議論にここで立ち入ることは控えるが、確かにその成果を『上海』に続いて同年に発表された『寝園』やその二年後の『紋章』に見ることができるだろう。

登場人物の台詞まわしが映画の脚本のように思えなくもない『日輪』にすでに窺われるように、横光の小説にはもともと映画との親近性があったと言わざるをえない。それが『狂った一頁』の映画製作に関わることで、方法的にいっそう拍車がかかったのである。『新感覚論』における、「テーマの屈折角度、黙々たる行と行との飛躍の度、筋の進行推移の逆走、反覆、速力、その他様々な触発状態の姿」といった表現が、いみじくもそのことを証言している。

3

さて、「原作者」川端康成についてはどうだろうか。先に私は川端の「なにか存在感の奇妙な稀薄さ」と書いた。おそらくそのことに関係すると思われる一つの事実に注意したい。『日本映画シナリオ古典全集　第一巻』に収められた『狂った一頁』のシナリオの「キャスト」の項にはこうある。「小使―井上正夫、妻―中川芳江、娘―飯島綾子、青年―根本弘、医師―関操、狂人―高瀬実」。これだけである。『狂った一頁』の鮮烈な印象を決定的にしているのは、私にはなによりも一人の狂女が踊り狂う冒頭場面にほかならないと思われるが、その狂女役の女性の名前がどこにも見当たらないのだ。その場面は、シナリオではこう書かれている。

花やかな舞台で花やかな踊子が踊っている。舞台の前に鉄の立格子が現れる。牢格子。花やかな舞台が次第に脳病院の病室に変って行く。踊子の花やかな衣裳も次第に狂人の着物に変って行く。

狂った踊子が踊り狂っている。

この映画の成功は、極端に言えば、この導入部で決定された、とさえ私には思われる。が、当のシナリオには踊子の名前が挙げられていない。衣笠の『わが映画の青春』のなかに、われわれはかろうじて「踊る狂女役の南栄子さん」という言葉を見いだすことができるが、製作の内実について語る衣笠の述懐のなかにこの踊りについての言及はいっさいない。ただ、狂女が踊り狂う牢格子の窓の外に稲妻を光らせる場面に苦労したと言うばかりである。もとより映画では配役の最後に南栄子の名前を確認することができるが、しかしなにか奇妙な印象は免れない。

私にはこの踊りの冒頭場面の挿入こそ川端の発案であったのではないかと推測されるのである。『文藝時代』の創刊の辞のなかで、川端が「脚のない踊子の踊りのやうな姿で」と、意味の判然としない、まさしく奇妙な比喩を用いていたことを想起しよう。川端が『伊豆の踊子』を発表したのは、その二年後の大正十五年（一九二六年）、そしてこれは昭和八年（一九三三年）に五所平之助監督によって『恋の花咲く　伊豆の踊子』のタイトルでサイレント映画化されたが、川端には踊子への変わらぬ執着があったと思わざるをえない。この「恋の花咲く」という言葉も、例のシナリオのなかで頻出する「花やかな」という表現を思わせないではいない。

『伊豆の踊子』のなかには、しかし、踊りの描写はいっさいない。「踊子が玄関の板敷で踊るのを、私は梯子段の中途に腰を下して一心に見ていた」という一文があるばかりである。川端が映画製作に関与した事実を背景に、しかも踊子への執着を独特なかたちで解放したのが、昭和四年（一九二九年）から昭和五年（一九三〇年）にかけて朝日新聞に連載した『浅草紅団』にほかなるまい。これも書物刊行と同年、昭和五年にいち早く高見貞衛監督によって映画化されている。川端の小説と映画との親近性に対する一つの証言とも言えるだろう。ここには映画シナリオのような、新感覚派ならではと言っていい記述が見出される。たとえば、「私はそこで巷の音を聞いている」という文の次に、こういう一節が来る。

交通巡査の笛、新聞売子の鈴、起重機の響き、川蒸気の発動機の音、アスファルトを踏む下駄の音、自動車や電車の響き、ここの少女のハアモニカ、電車の鈴、エレヴェタアの扉の音、自動車のラッパ、遠くの雑音――それらを一つとしてその波にぼんやり耳を浮べていると、これも子守歌でないことはない。

視覚ではなく聴覚の対象の列挙だが、映画的ショットの応用と言うべきだろう。映画シナリオ的な体言止め、現在形の多用が特徴的である。あるいは浅草の街をロング・ショットでとらえたような次のような描写。

東の窓は――目の前に神谷酒場《バア》。その左下の東武鉄道浅草駅建設所は、板囲いの空地。大川。吾妻橋――仮橋と銭高組の架線工事。東武鉄道鉄橋工事。隅田公園――浅草河岸は工事中。その岸に石工場と小船の群、言問橋。向う岸――サッポロ・ビイル会社。錦糸堀駅。大島ガス・タンク。押上駅。隅田公園、小学校、工場地帯。三囲神社《みめぐりじんじゃ》。大倉別荘。荒川放水路。筑波山は冬曇りにつつまれている。

関東大震災後、急速に復興しつつある東京の様相が、視線のカメラのような速い移動によって次々に収められていく。二度言及される隅田公園が、そうした視線の回帰的運動を示唆しているかのようだ。『浅草紅団』は、弓子という蠱惑的な「不良」少女とその「気狂い」の姉のお千代にまつわる物語を一応の縦糸とする浅草の観光案内と言っても過言ではないような都市小説だが、そこには川端の踊りあるいはダンスへの偏愛が如実に見てとれる。

たとえば、レヴュウについてのこんな一節。

一、ジャズ・ダンス「ティティナ」。二、アクロバチック・タンゴ。三、ナンセンス・スケッチ「その子、その子」。四、ダンス「ラ・パロマ」。五、コミック・ソング——と、十一景のヴァラエティが、そうだ、踊り子達は舞台の袖で、乳房を出して衣裳替えする程、あわただしい暗転だ。そして、六、ジャズ・ダンス「銀座」だ。

あるいはこんな一節。

万盛座は、タマアラ、ミラア、ワアリヤ、ルファ——ダニレフスキイ姉妹のメトロ舞踏団だ。ジプシイ・ダンス、コザック・ダンス、スパニッシュ・ダンス、ジャズ・ダンス、人魚、——ロシア娘が甘いなまりの日本語で、「神田節」や「当世銀座節」を合唱するのだ。

切りがないのでこれ以上の引用は控えるが、「浅草のレヴュウを、片っぱしから見て歩いた」と言う川端の偏愛のありようを確認しておきたい。『浅草紅団』の六年後に川端はその続篇とも言うべき『浅草祭』を執筆し、その「序」のなかで、「しかし実際、『浅草紅団』がこれほど下らない作品とは、私自身夢にも思わなかったのである」と書いている。とはいえ、われわれ読者には（いや、私には）『浅草紅団』のほうがはるかに面白いとだけはやはり言っておかなければならない。

川端と『狂った一頁』との関係で、もう一点、気になることがある。それは映画のなかで精神病院の患者たちがつけた仮面の問題である。衣笠は、その『わが映画の青春』において、実際に精神病院を見学したときの「実感」を、こう記述している。

正直に言って、おそろしい感じの患者さんもいたし、昂奮している患者さんもいた。しかし多くの患者はまったく動きのない表情で、まじろぎもせず遠くを見つめていたりして、わたしの方など見向きもしない。その静かな無個性、しかしそうとは言いきれない一人一人の存在——、ふとその時、わたしはこれらの人々にお面を被せてみたらと思いついた。しかし、それもすっかり忘れてしまって脚本に取り組んだ。そして、その展開が行きづまった時、そうだ患者たちにお面をかぶせてみようという、あの日の考えがよみがえったのであった。

これを読むかぎり、患者に仮面をつけるというアイディアは衣笠の創意になることは明らかのように思える。ところが、川端が二十代の頃から四十年余りにわたって書き続け、一九七一年（昭和四十六年）に新潮文庫から刊行された『掌の小説』に収められた一篇「笑わぬ男」によれば、事情はやや異なる。これは川端が『狂った一頁』のシナリオ執筆に関わった当時、あるいはその直後に書かれたと思しい短篇、いや掌篇である。

今度の映画を主演している役者が十日後に舞台に立たねばならないので、一週間ばかりも徹夜の映画撮影が続いていた。私はただ作者として気楽に立ち合っているだけだったが、唇がかさかさに荒れ、白く燃えるカアボンの光の傍では目もあいていられないほど疲れていた。そして、その夜も星の消える頃に宿屋へ帰ったのだった。

映画のタイトルこそ出てこないけれども、これが『狂った一頁』の製作を素材にしたものであることは明白であろう。鴨川とか四条通とか東山とかいった言葉が散見されるところからも、京都の撮影所での話であることは間違いない。そこで「私」は「骨董店の飾り窓でみ

た面」を思い浮かべ、「しめた。やっぱり美しい空想を見つけた」と呟き、「映画脚本の最後の場面を書き直した。出来上ると撮影監督に手紙を添えた」と続ける。

ラスト・シインは空想にします。空想の画面に柔和な笑いの仮面が一ぱい浮び出ることにします。この暗い物語の終りで作者は明るい微笑を見せようと思って見せることが出来ませんでしたから、せめて現実を美しい笑いの仮面で包んでやります。

小説だから虚構であると片づけるには看過できない記述である。これによれば、患者に仮面をつけることを思いついたのは、まぎれもなく「私」つまりは川端だったことになる。監督の創意を川端があたかも自分の「空想」であるかのように置き換えることなどありうるだろうか。

今度の映画脚本は脳病院を書いたものだった。私は毎日撮影所で痛ましい狂人達の生活が写されて行くのを見るのが苦しかった。何とかして明るい結末をつけなければ助からない気がして来た。ハッピイ・エンドが見つからないのは自分の性格が暗いためだと思われて来た。

そして語り手の「私」はこう続ける。

だから仮面を思いついたことは嬉しかった。病院中の狂人に一人残さず笑いの面を被せてやった有様を想像すると愉快になった。

シナリオの当のシーンはこう書かれている。

（小使の幻想続く）
廊下で三人の狂人が狂っている。
小使、籠を持って、にこにこ笑いながら近づく。籠の中には、能楽の柔和な笑いの面が沢山入っている。
小使、狂人A、B、Cに順々に、笑いの面を被せてやる。
狂人の狂暴鎮まり、柔和な笑顔となる。

廊下に女狂人、沢山坐っている。
小使、ことごとくの狂人に面を掛けてやる。
一時に柔和な笑顔に変る。
妻の顔にも、小使、一枚の面をかける。
妻の柔和な笑顔、小使に愛情を示す。
小使、自分の顔にも面をつける。笑顔。そして笑顔の妻を抱く。

結局、この掌編によれば、まず「紙張子のおかめ面」を二十枚買い、さらに古楽の面を五枚集めて撮影を済ますことになるが、じつのところ仮面は映画のこの最終場面の狂人たちだけでなく、シナリオに「踊子の部屋。踊子は今日も踊り狂っている」とあるように冒頭の踊り狂う狂女も仮面をつけて再登場するのだから、撮影の手続きが実際にどうだったのか知りたいところである。しかしこのことについては、衣笠の書きものにおいても川端の掌編においてもつまびらかにされない。踊る狂女については、いっさい言及がないのである。
この掌編は、ここから一挙に虚構に突入する。撮影後に「一枚の頬に黄色い絵具の着い」たその面を「私」は手に入れる。「東京の家に帰ると、私は真直ぐに妻の病院へ行った」と続く。妻の病気がなんなのかは明らかにされない。彼が持って行った笑いの面を妻がつける。

そして、

面を外すと妻の呼吸は荒れていた。しかしそんなことではない。面を取りのけた瞬間に、妻の表情は何と醜く見えたことだ。私の妻のやつれた顔を眺めていると、肌が寒くなった。初めて妻の表情を発見した驚きだ。仮面の美しい柔和な微笑の表情に三分間包まれていたので、醜い表情が初めて感じられたのだ。

「これまで私の傍で絶えずやさしい微笑をしていた妻の顔は仮面ではなかったろうか」と疑いを抱いた「私」は、撮影所に「メンノトコロヲキリステヨ」と電報を書き、「そしてまた、その紙をびりびりと引き裂いた」というのである。

川端はこの掌編をいかにも小説仕立ての虚構作品として、しかも『狂った一頁』とはいわば逆のかたちで終わらせているわけだが、しかし患者に面をつける「私」の発想に関するリアリティはただごとではない。これは川端の「原作」をなにがしかうかがわせる作品と言うべきなのだろうか。真相はどちらにあったのか。衣笠か川端か。それとも両者の間に阿吽の呼吸とも言うべき了解があったのか。いずれにせよ、この仮面の問題は、踊る狂女についての言及のまぎれもない少なさともども、消化しきれぬ奇妙な印象を残すのである。

『狂った一頁』の五年後、昭和六年（一九三一年）に発表された川端の短篇『水晶幻想』は、顕微鏡ばかり覗いている科学者の夫と三面鏡に映る世界に心を奪われている妻との関係が、きらきらと光るガラスの破片のように散乱している、新感覚派的としか言いようのない実験小説である。明らかに映画的ショットを連続させたような記述。

水晶の玉のなかに小さい模型のように過去と未来との姿が浮かび上った、活動写真の画面。水晶幻想。玻璃幻想。秋風。空。海。鏡。ああ、この鏡のなかから聞えているのだわ。音のない音。音のない雪のように海の底へ落ちる白い死骸の雨。人間の心のなかに降り注ぐ死の本能の音。

体言止めで続くイメージの連鎖は、『狂った一頁』のシナリオを読んでいるかのような印象を与えないではいない。川端はいわば映画的手法を言語的実験として操作しているのだ。

女。内診鏡。スペキュラム。管状スペキュラム。黒色ガラス。乳色ガラス。象牙。夫のステッキの象牙の把手。

『水晶幻想』全篇が「活動写真の画面」のように隠喩的・換喩的な短いショットの連続から成るとすれば、昭和十二年(一九三七年)に刊行された『雪国』は、まさに映画的オーヴァーラップの巧みな援用から始まる物語である。「国境の長いトンネルを抜けると雪国であった。夜の底が白くなった」という、あのあまりにも有名な冒頭の文章は、しかし「夜の底」を行く汽車の窓ガラスを「鏡」とする島村の体験の記述を導くために置かれたと言っても過言ではないかもしれない。

もう三時間も前のこと、島村は退屈まぎれに左手の人差指をいろいろに動かして眺めては、結局この指だけが、これから会いに行く女をなまなましく覚えている、はっきり思い出そうとあせればあせるほど、つかみどころなくぼやけてゆく記憶の頼りなさのうちに、この指だけは女の触感で今も濡れていて、自分を遠くの女へ引き寄せるかのようだと、不思議に思いながら、鼻につけて匂いを嗅いで見たりしていたが、ふとその指で窓ガラスに線を引くと、そこに女の片眼がはっきり浮き出たのだった。彼は驚いて声をあげそうになった。しかしそれは彼が心を遠くへやっていたからのことで、気がついてみればなんでもない、向側の座席の女が写ったのだった。外は夕闇がおりているし、汽車のなかは明りがついている。それで窓ガラスが鏡になる。けれども、スチイムの温みでガラスがすっかり水蒸気に濡れているから、指で拭くまでその鏡はなかったのだった。

まず「触れること」と「見ること」との対比がある。女の肉体を、肌を知る「触感」の記憶。あまりにあからさまに性的な換喩となった「左手の人差指」。しかしそれも視覚に席を譲るために登場したかのように、まずは島村自身の眼差しの対象になり、そして窓ガラスに線を引く役割を担って退場することになる。「女の片眼」が突然現れるからだ。島村は一瞬びっくりするけれども、それが自分を眼差す眼ではないことを知って安堵する。断片化された女の身体の一部。ひたすら見られるためにだけ浮き上がった対象。島村は「見ること」に徹することができる。この「鏡」の映画的効果を、作者は十全に意識している。

鏡の底には夕景色が流れていて、つまり写るものと写す鏡とが、映画の二重写しのように動くのだった。登場人物と背景とはなんのかかわりもないのだった。しかも人物は透明のはかなさで、風景は夕闇のおぼろな流れで、その二つが融け合いながらこの世ならぬ象徴の世界を描いていた。

「映画の二重写し」とは、もとより衣笠が「われながら少しあきれてしまう」ほどに多用したと言う映像の重ね合わせ、オーバーラップのことである。主人公の島村は、しかも舞踊評論家である。彼は、「ヴァレリィやアラン、それからまたロシア舞踊の花やかだった頃のフランス文人達の舞踊論」を翻訳してもいるのである。川端文学において、ひたすら踊りを見てきた男が、いまや踊りの専門家として、しかも映画ならではの意匠とともにここにあらためて姿を現したと言ってもいい。

映画『狂った一頁』の拓いた地平に、こうしてわれわれは「新感覚派」と称された二人の小説家の姿を見定めることができるわけである。

あとがき

本書は日本近代文学研究をひとつの課題とする私の美学的営為の所産である。

私はこれまで日本文学関係の書物を二冊上梓している。一冊目は『文学の皮膚』（白水社、一九九六年）。ここでは谷崎潤一郎、梶井基次郎、川端康成、三島由紀夫、安部公房の五人の作家を採り上げたが、同時にキルケゴール、ユイスマンス、ワイルドの三人の外国人作家をも論じていて、全体を「ホモ・エステティクス」（美的人間）論の試みとして構成しているから、必ずしも日本近代文学研究に限られるわけではない。「芸術のミュトロギア」なる副題を持つ拙著『鏡と皮膚』と対をなす、「芸術皮膚論」ないし「芸術表層論」の文学篇である。二冊目は『文豪たちの西洋美術』（河出書房新社、二〇二〇年）。夏目漱石から松本清張まで五十五人の作家たちの作品における西洋美術への言及を拾い出して論じたものである。作家たちの眼を通した西洋美術案内といってもいいが、これは日本近代文学研究に新しい視点を導入すると思われる、いわば「文学図像学」の試みである。一作家一作品という原則が崩れて五人の作家については二点採り上げているから、都合六十篇の文章をもって全体が構成される。三冊目となる本書は、この『文豪たちの西洋美術』とほぼ軌を一にして書き進められた、比較的長い論考の集成である（それゆえ最初の二篇については内容的に一部重なる点もあることをお断りしておかなければならない）。原形となった諸論考の初出は以下のとおりである。

レオナルド・ダ・ヴィンチと日本近代文学（『游魚』一号、二〇一二年七月）
森鷗外の『花子』（『游魚』二号、二〇一三年十一月）
日本近代文学とデカダンス（『游魚』三号、二〇一五年八月）
「表現」をめぐる断章（『ヒックリコガックリコ　ことばの生まれる場所』前橋文学館、左右社、二〇一七年十一月）
孤独な窃視者の夢想　江戸川乱歩と萩原朔太郎（『游魚』六号、二〇一九年一月）
夢野久作のエロ・グロ・ナンセンス（『游魚』五号、二〇一七年十一月）
谷崎潤一郎　女の図像学（『游魚』四号、二〇一六年九月）

映画『狂った一頁』と新感覚派　覚書（『游魚』八号、二〇二一年二月）

おおむね雑誌『游魚』に連載したものだが、それぞれの初出原稿に程度の差はあれかなり加筆してある。安達史人氏の主宰するこの雑誌に私は最初からお付き合いさせてもらったが、これは八号をもって終刊となった。だから本書は雑誌『游魚』のいわば記憶遺産のようなものだといえるかもしれない。安達氏と編集作業でお世話になった内藤久美子さんに、この場を借りてあらためて御礼申し上げたい。

本書のタイトルとなり、そして本書全体の性格を決定づけている「孤独な窃視者の夢想」は、本書中に註記したように、初め前橋文学館で行なった講演がもとになっている。「「表現」をめぐる断章」も、前橋文学館によるカタログに掲載されたものである。館長の萩原朔美氏には、彼の祖父にあたる萩原朔太郎について、というより私がもっとも敬愛する近代詩人についてばかりでなく、また江戸川乱歩について、そして二人の関係について考えをまとめる機会を与えていただき心より感謝する次第である。

さて、本書の表紙は奇しくも多賀新氏の作品で飾られることになった。春陽堂文庫版の「江戸川乱歩文庫」の表紙でおなじみの、あのおどろおどろしくも繊細巧緻な銅版画作品である。私は昨年十一月、京都の画廊での「多賀新鉛筆画と江戸川乱歩の世界」と題する展覧会の会場で多賀さんとトークする機会を持った。その縁もあって、せっかく江戸川乱歩論を含む本書を上梓するなら、思い切って多賀さんの作品を使わせていただこうと決意した次第である。「窃視者」の概念にふさわしくも異化効果のある鮮烈な作品である。私の申し出に快く同意してくださった氏に厚く御礼申し上げる。

最後に、決して最小にではなく、ロザリンド・クラウスの二冊の訳書『視覚的無意識』『アヴァンギャルドのオリジナリティ』に続いて、このようなまさしく異貌の書物の刊行に尽力くださった月曜社の神林豊氏にあらためて謝意を表したい。

二〇二一年夏

著者識

谷川渥（たにがわ・あつし）
一九四八年生。美学。

▼著書
『鏡と皮膚――芸術のミュトロギア』ちくま学芸文庫、二〇〇一年
『シュルレアリスムのアメリカ』みすず書房、二〇〇九年
『肉体の迷宮』ちくま学芸文庫、二〇一三年
『文豪たちの西洋美術――夏目漱石から松本清張まで』河出書房新社、二〇二〇年
ほか多数。

▼訳書
ユルギス・バルトルシャイティス『鏡』国書刊行会、一九九四年
アンドレ・ブルトン『魔術的芸術』共訳、河出書房新社、一九九七年（普及版、二〇〇二年）
ロザリンド・E・クラウス『視覚的無意識』共訳、月曜社、二〇一九年
ロザリンド・E・クラウス『アヴァンギャルドのオリジナリティ――モダニズムの神話』共訳、月曜社、二〇二一年
ほか多数。

孤独《こどく》な窃視者《せっししゃ》の夢想《むそう》
日本近代文学のぞきからくり

著者　谷川渥《たにがわあつし》

二〇二一年九月三〇日　第一刷発行

発行者　神林豊
発行所　有限会社月曜社
〒一八二－〇〇〇六　東京都調布市西つつじヶ丘四－四七－三
電話〇三－三九三五－〇五一五（営業）〇四二－四八一－二五五七（編集）
ファクス〇四二－四八一－二五六一
http://getsuyosha.jp/

装画　多賀新《てあそび》一九七五年
装幀　中島浩
印刷・製本　モリモト印刷株式会社

Printed in Japan
ISBN978-4-86503-120-1